Wilhelm Stosz

Le Sage als Vorkämpfer der Atomistik

Wilhelm Stosz

Le Sage als Vorkämpfer der Atomistik

ISBN/EAN: 9783742813411

Hergestellt in Europa, USA, Kanada, Australien, Japan

Cover: Foto ©Andreas Hilbeck / pixelio.de

Manufactured and distributed by brebook publishing software
(www.brebook.com)

Wilhelm Stosz

Le Sage als Vorkämpfer der Atomistik

LE SAGE
ALS VORKAEMPFER DER ATOMISTIK.

INAUGURAL-DISSERTATION

ZUR ERLANGUNG DER DOCTORWÜRDE

VON DER

PHILOSOPHISCHEN FACULTÄT

DER

. PR. VEREIN. FRIEDRICHS-UNIVERSITÄT HALLE-WITTENBERG

GENEHMIGT

UND

NEBST DEN ANGEFÜGTEN THESEN

AM 5. JANUAR 1881

ÖFFENTLICH VERTHEIDIGT

VON

WILHELM STOSZ
AUS SONDERSHAUSEN.

OPPONENTEN:

HERR ALFRED TOELLE, DR. PHIL.
HERR FRIEDERICH KRÜGER, STUD PHIL.

HALLE A/S., 1881.

HOFBUCHDRUCKEREI VON FR. AUG. EUPEL IN SONDERSHAUSEN

MEINEN ELTERN

IN LIEBE UND DANKBARKEIT

GEWIDMET.

Die Empirie reicht zur Erklärung der Naturerscheinungen und zur Auffindung ihrer allgemeingültigen Gesetze nicht aus, da die Erkenntnissfähigkeit mit praktischen Untersuchungsmitteln bis zu gewissen Grenzen hin abnimmt und versagt. Die Methode der Induction muss durch die der Deduction ergänzt werden. Erst durch die Deduction erhält eine Theorie ihre Vollendung.[1] Es müssen daher Hypothesen zu Hülfe genommen werden. Die beste Hypothese ist die, auf welche sich verwandte und unter einander bedingte Erscheinungen einheitlich zurückführen lassen. Seitdem die Zurückführung physikalischer Erscheinungen auf kosmologische Hypothesen Gegenstand der physikalischen Forschung geworden ist, rivalisieren zwei Fundamentalhypothesen mit einander, die der dynamischen und die der atomistischen Naturanschauung, von denen die letztere sich nach den Ergebnissen der modernen Untersuchungen die überwiegendste Zahl Anhänger erworben hat. Die moderne Naturforschung basirt auf der atomistischen Hypothese, sofern die Atomistik eine physikalische bleibt. Sie nimmt die wirkenden Kräfte als den Atomen immanent an, ohne sich in den nutzlosen Streit um die Priorität der Materie oder der ihr inhärenten Kräfte einzulassen. Eine Discussion beider Hypothesen würde dem Zwecke dieser Arbeit nicht entsprechen. Deshalb verweise ich nur auf die zwei vorzüglichsten Abhandlungen der entgegengesetzten Ansichten, auf die philosophische Einleitung in der Encyklopädie der Physik, in der F. Harms im Sinne der Kantischen und Schelling schen Transcendentalphilosophie für die dynamische Naturanschauung in die Schranken tritt, und auf Fechners kampfesmuthige Streitschrift über die physikalische und philosophische Atomenlehre.

Als einer der hervorragendsten Repräsentanten der Atomistik ist Le Sage zu nennen. Trotzdem findet sich sein Name in den be-

---

[1] Drobisch, Logik. Leipzig, 1875, p. 196.

deutenderen Werken der Physik und in den Spezialschriften über die
Atomistik gar nicht oder nur vorübergehend und in untergeordneter
Bedeutung erwähnt. Selbst Fechner. der im XXVI. Capitel seiner
Abhandlung eine historische Uebersicht der atomistischen Ansichten
gibt. nennt Le Sage nicht. Nur Fischer[1] räumt ihm in seiner
Geschichte der Physik eine bevorzugtere Stellung ein. aber der überaus
kurzen und dürftigen Darstellung nach zu urtheilen. muss auch ihm
nur wenig von dessen Bedeutung bekannt gewesen sein. Ausserdem
findet sich noch im deutschen Museum vom Juni 1776 eine Kritik
Kaestners[2] gegen de Luc, der für die Erklärung des Galileischen
Gesetzes im Sinne Le Sages eingetreten war.[3]

Als mir Gelegenheit gegeben war. in der bibliothèque publique
zu Genf die Handschriften Le Sages zu besichtigen. war mir dieser
Umstand bei der Reichhaltigkeit derselben um so mehr auffallend
und veranlasste mich. sie einer eingehenden Untersuchung zu unter-
ziehen. Nach längerem Studium derselben gewann ich die Ueberzeugung. einen Act historischer Schuldigkeit zu erfüllen, wenn ich das
Geistesleben und Schaffen dieses Mannes ausführlicher zur Oeffentlichkeit bringen und zu rechtfertigen versuchen würde. dass ihm eine
bevorzugtere Stellung in der Geschichte der Physik gebühre. Noch
mehr wurde ich in dieser meiner Ueberzeugung bestärkt. als ich erst
später. nachdem ich Le Sages Schriften einheitlich darzustellen versucht hatte. auf die einschlägige Litteratur in neuester Zeit aufmerksam
gemacht wurde. Die Anregung zu derselben ist aller Wahrscheinlichkeit nach von Clausius[4] ausgegangen. der in seinen Abhandlungen
über die mechanische Wärmetheorie Le Sage. allerdings nur kurz.
erwähnt. Clausius. dessen Wärmetheorie auf der fortschreitenden
Bewegung der Moleküle beruht. hat. wie er sagt. erst nach dem Jahre
1850 diese Theorie Le Sages kennen gelernt und gesteht ihm nun
gewissermassen das Prioritätsrecht zu. Diese Bemerkung hat zu einer
Reihe eingehenderer Untersuchungen und Controversen Veranlassung

---

[1] Fischer, Geschichte der Physik. Göttingen, 1807/8. t. VI. p. 18 f.
[2] Vergl. Kaestners Prüfung eines von Herrn Le Sage angegebenen Gesetzes für fallende Körper im Deutschen Museum Junius 1776. p. 553 ff
[3] Ueberweg. Grundriss der Geschichte der Philosophie t. III p. 201 führt
an: Schwab. Prüfung der kantischen Begriffe etc. nebst einer Darstellung der
Hypothese des Le Sage über die mechanische Ursache der allgemeinen Gravitation, 1807. Dieses Buch ist mir leider unzugänglich gewesen.
[4] Clausius, Abhandlungen über die mechanische Wärmetheorie Braunschweig. 1867 II Abtheilung. XIV. Abhandlung. p. 230

— 5 —

gegeben, von denen chronologisch geordnet die wesentlichsten sind: „On the ultramundane corpuscules of Le Sage" von Professor W. Thomson in den Proceedings of the Royal Society of Edinburgh, 1871—72; ein kurzer Abriss von Le Sages Gravitationstheorie in den von Wertheim übersetzten „Vorlesungen über einige Fortschritte der Physik" von P. G. Tait, 1877: zwei Abhandlungen: „On some dynamical conditions applicable to Le Sage's theory of gravitation" von Tolver-Preston im Philosophical Magazin v. IV, 1877: daran anschliessend eine kurze Notiz: „Le Sages theory of gravitation" von James Croll, ebendaselbst v. V, 1878 und zwei kritische Betrachtungen der Gravitationstheorie Le Sages, die eine von Professor Zöllner in dessen „Wissenschaftliche Abhandlungen" v. I, die andere von C. Isenkrahe in dessen Schrift: „Das Räthsel von der Schwerkraft", 1879.

Obschon durch diese Abhandlungen Le Sage in neuester Zeit aus seiner Vergessenheit in den Kreis wissenschaftlicher Discussion gezogen worden ist, so lassen doch einestheils die Abhandlungen Thomsons und Tolver-Prestons fälschlich darauf schliessen, als umfasse der von ihnen behandelte erste Theil der mechanischen Physik Le Sages, die Gravitationstheorie, dessen ganzes System, anderntheils haben die Angriffe Zöllners gegen Thomson und Le Sage und die unzulängliche Motivierung derselben Isenkrahe zu einer Ansicht über Le Sages Theorie verleitet, die in Wahrheit mit derselben in diametralem Gegensatze steht. Ich werde darauf später eingehender zurückkommen und bemerke nur im voraus, dass das, was Isenkrahe als die Theorie Le Sages angreift, dessen Theorie gar nicht ist, sondern dass vielmehr Isenkrahes eigene, in dem zweiten Theile seiner Abhandlung aufgestellte neue Theorie in allen wesentlichen Punkten mit der wirklichen Theorie Le Sages übereinstimmt.

Die Handschriften befinden sich zum grossen Theil noch in demselben Zustande, wie sie Le Sage eigenhändig geordnet hinterlassen hat. Sie sind in fünfzig umfangreiche Holzkisten vertheilt, von denen eine jede ausser einzelnen zusammenhängenden Abhandlungen, losen Blättern und einschlägigen Excerpten kleine mit Titeln versehene und numerierte Papiersäckchen umfasst. Diese Säckchen enthalten eine grössere oder geringere Anzahl Spielkarten, auf denen Le Sage die meisten seiner Ideen und die Ergebnisse seiner Untersuchungen niedergeschrieben hat. Die einzelnen Karten sind mit Uebergangszeichen versehen, so dass sich in je einem Säckchen solcher immer ein be-

stimmter Gegenstand zusammenhängend behandelt findet.[1] Der grosste
Theil der Handschriften umfasst sein atomistisches System der mechanischen Physik und, im Anschluss daran, eine kritische Geschichte
der Schwere. In enger Beziehung zu diesem Systeme stehen seine
optischen, electrischen, magnetischen und galvanischen Untersuchungen,
der mathematische und astronomische Theil der Handschriften und,
an letztere sich anschliessend, meteorologische und nautische Mes-
sungen und geologische Studien. Ebenfalls reichhaltig sind seine
„Teleologie" betitelten Aufzeichnungen. Ferner gibt er in einer aus-
führlichen Autobiographie über alle Einzelheiten seines Lebens und
Eigenartigkeiten seines Charakters, die er mit freimüthiger Offenheit
eingesteht, Aufschluss. Von grossem Interesse ist ausserdem eine
reichhaltige Correspondenz, namentlich ist die mit Euler, Montucla,
d'Alembert, Bonnet und Sigorgne geführte von wissenschaftlicher und historischer Bedeutung.

Von den an die Oeffentlichkeit gelangten Bruchstücken der Handschriften ist allein wichtig die in den Berliner Memoiren von 1782
gedruckte Abhandlung „Lucrèce neutonien" und ein von seinem Freund
und Schüler Pierre Prevost nach Le Sages Tode veröffentlichter
Theil des Systems der mechanischen Physik.[2] Gedruckt, aber nicht
publicirt, ist ausserdem die Preisschrift „Essai de chimie mécanique".
Auf diese sowohl, wie auf „Lucrèce neutonien" werde ich später wieder
zurückzukommen Gelegenheit haben. Ferner hat Prevost eine ge-
naue Biographie Le Sages in „Notice de la vie et des écrits de Le
Sage" veröffentlicht, der er einen Abdruck des „Lucrèce neutonien", eine
teleologische Abhandlung Le Sages „Sur les causes finales" und
einen Theil von dessen Correspondenz angefügt hat. In vorliegender
Arbeit werde ich vorwiegend den Theil der Handschriften in Betracht
ziehen, welcher auf Le Sage als den Vorkämpfer der Atomistik Bezug hat, indem ich hoffe, dass mir später einmal Gelegenheit gegeben
sein wird, im Anschluss daran einen übersichtlichen Inhalt seiner
übrigen Schriften zu veröffentlichen. Ich werde zuerst einen kurzen
historischen Ueberblick der Atomistik bis zu Le Sage geben und

---

[1] Diese Originalität erklärt sich, wie viele andere, aus den Selbstbekennt-
nissen seiner Autobiographie, wo er häufig über eine seine körperlichen Leiden
begleitende Gedächtnissschwäche klagt, die ihn veranlasste, seine Gedanken
sofort niederzuschreiben.

[2] Prevost, Deux traités de physique mécanique (comme simple éditeur
du premier). Paris, 1818. — Ueber Prevost selbst und seine Beziehungen zu
Le Sage vergl. Cherbuliez, Discours sur la vie et les travaux de P. Prevost.
Genève, 1839.

eine biographische Skizze von ihm entwerfen, indem ich nur die
Momente seines Lebens berühre, die im Zusammenhang mit seinen
wissenschaftlichen Leistungen stehen und Aufklärung geben über die
Eigenartigkeiten, die an ihm hervortreten. Dann werde ich sein
atomistisches System der mechanischen Physik und daran anschliessend
seine kritische Geschichte der Schwere behandeln und den vertretenen
Standpunkt mit dem Anderer zur Vergleichung ziehen. Am Schluss
der Arbeit habe ich nach dem Verzeichniss der Genfer bibliothèque
publique die Handschriften, wie sie von Le Sage selbst geordnet
worden sind, angeführt.

Die ersten Ideen einer atomistischen Weltansicht finden sich bekanntlich bei Leukippus, die durch Demokrit und Epikur eine
weitere Ausbildung erhielten. Leukippus nahm quantitativ verschiedene kleinste Theilchen an, denen Demokrit vermöge ihrer
Verschiedenheit auch verschiedene Schwere beilegte. Eine Folge dieser
verschiedenen Schwere ist eine verschiedene Geschwindigkeit der Bewegung und eine durch den Zusammenstoss hervorgerufene Seitenbewegung, wodurch ein Wirbel entsteht, dessen Ausbreitung die
Weltenbildung herbeiführte.[1] Epikur, mit dem ich mich weiter
unten noch ausführlicher zu beschäftigen habe, lässt die gesammten
Körper durch Zusammentreffen gleichartiger Atome gebildet werden,
deren Beschaffenheit zugleich die Eigenschaft der daraus zusammengesetzten Körper bedingt.[2] Diese Ideen erleiden während der folgenden Zeitabschnitte, dem Fortschritte und dem Charakter der Cultur-
perioden entsprechend, die mannigfachsten Modificationen, bis sie in
ein System geordnet am Anfang des 17. Jahrhunderts von Petrus
Gassendi[3] prägnant zum Ausdruck gebracht werden. Bei ihm
sind die Atome erschaffen durch Gott, von dem ihnen Bewegung und
Richtung angewiesen sind. Er betrachtet sie als die zuerst erschaffenen
materiellen Principien der Körperwelt.[4] Die monadologische Atomistik,
welche Giordano Bruno in der zweiten Hälfte des 16. Jahrhunderts
gelehrt hatte, nahm wohl noch körperlich ausgedehnte Atome an.

[1] Vergl. Ueberweg, Grundriss der Geschichte der Philosophie. 1880.
t. 1. p. 83.
[2] Vergl. Kopp, Geschichte der Chemie. Braunschweig, 1843. t. II. p. 385.
[3] Gassendi, Syntagma philosophiae Epicuri 1658. t. III.
[4] Harms, Encyklopädie der Physik. t. I. Leipzig, 1869.

schrieb ihnen aber geistige und psychische Kräfte zu, so dass sie eigentlich, wie die später von ihr ausgehende Leibnitz'sche Monadologie, einer idealistischen Richtung angehört. Ebenso haben durch Annahme psychischer Eigenschaften die französischen Encyklopädisten den Boden der eigentlichen Atomistik verlassen. Das Système de la nature [1] nähert sich der alten Atomistik wieder an, unterscheidet sich jedoch von derselben namentlich darin, dass jedes Element seine besondere Qualität hat, woraus ihre verschiedenen Wirkungen hervorgehen. Die Atome sind also qualitativ von einander verschieden, während die Alten nur eine quantitative Verschiedenheit der Atome annahmen. [2] Eine neue Aera für die atomistischen Hypothesen knüpft sich an den Namen Roger Joseph Boscovich, der als eigentlicher Wiederbegründer der Atomistik, als der Schöpfer der modernen Atomistik jetzt allgemein genannt wird. Auf ihn werde ich später wieder zurückkommen. Boscovichs Zeitgenosse war Le Sage.

George Louis Le Sage wurde am 13. Juni 1724 in Genf geboren. Durch eine verkehrte, unsystematische Erziehungsweise wurde schon in seiner frühesten Jugendzeit der Grund zu den Eigenthümlichkeiten gelegt, die später auf den Gang seiner wissenschaftlichen Leistungen nachtheilig einwirkten. Es zeigt sich schon früh eine innere Entfremdung gegen seine Umgebung und in Folge dessen ein Hang zur Einsamkeit und Reflexion. Viele von ihm in seinem späteren Leben aufgezeichnete Notizen enthalten in melancholischen Rückblicken stille Vorwürfe gegen seine falsche Erziehungsmethode. Sie erklären den leidenden Zug, dessen Spuren sich deutlich und nachtheilig in seinem Geistesleben verfolgen lassen, vor Allem aber die Unentschlossenheit seines Handelns. Als er nach dem ersten Unterricht bei seinem Vater das collége in Genf, wo Calandrini und Cramer zu den bekanntesten seiner Lehrer gehörten, besucht hatte, befand er sich fortwährend schwankend, welchem Studium er sich widmen solle. Er entschloss sich für das der Medicin. Sein Vater zwang ihn, demselben zu entsagen. Er ging nach Basel und hörte Daniel Bernoulli. Begeistert von dessen Lehre, liess er sein Studium im Stich und warf sich auf die Ausbildung der in ihm erweckten Ideen. Erneutes Schwanken. Nach kaum einem Jahre ging er nach Paris und nahm das Studium der Medicin wieder auf, fühlte sich aber von demselben unbefriedigter, denn je. Diese innere Unzufriedenheit und

---

[1] Système de la nature. London, 1770.
[2] Harms, Encyklopädie etc. p. 243.

der Conflict mit seinem Vater finden sich in unzähligen traurigen
Reflexionen unter seinen Handschriften aufgezeichnet. Endlich gewann sein schwankender Weg eine festere Richtung. Das εὕρηκα,
welches er (1747) an seinen Vater schrieb, bildete den entscheidenden
Wendepunkt in seinem Leben. Er glaubte, die Ursache des Gravitations-
gesetzes gefunden zu haben. Er schrieb: εὕρηκα. Jamais je n'ai eu
tant de satisfaction que dans ce moment, où je viens d'expliquer
rigoureusement, par les simples lois du mouvement rectiligne, celles
de la gravitation universelle, qui décroît dans la même proportion que
les quarrés des distances augmentent. J'avais déjà depuis quatre
ans une nouvelle idée sur le mécanisme de l'Univers: deux choses
seulement m'embarassaient, l'explication de la répulsion qu'on observe
dans les particules de certains élémens, et la loi du quarré des
distances: or j'ai trouvé la première de ces choses avant-hier, et la
seconde il n'y a qu'un moment. Le tout presque sans le chercher
et même malgré moi. Das Problem der Gravitation bildete von nun
an das Studium seines ganzen Lebens. Noch manchen Täuschungen
ausgesetzt — sein 1750 an die Akademie zu Paris gesandter „Essai
sur l'origine des forces mortes" erhielt den Preis nicht — körperlich
leidend, durch Schlaflosigkeit gequält, vermochte er sich dem schäd-
lichen Einfluss seiner Schwächen auf seine Thätigkeit noch weniger
zu entziehen. Als die Akademie zu Rouen seinem „Essai de chimie
mécanique" im Jahre 1758 den Preis zuerkannte, wurde er auf's Neue
ermuthigt. Ein kräftigerer Geist weht wieder durch seine Aufzeichnungen. Aber, als ob ein Unstern über seinem Haupte stände —
eine plötzlich eingetretene Augenkrankheit raubte ihm fast die Sehkraft.
Sie zwang ihn, seine Kräfte auf einzelne Punkte zu concentrieren.
Und doch folgte nun seine productivste Zeit. Unter steter Anregung
seiner Freunde, beeinflusst von der geistvollen Frau Necker und seinem
ehemaligen Schüler de la Rochefoucauld, von den bedeutendsten
Physikern seiner Zeit, von Bonnet, de la Condamine, d'Alembert,
de Luc, de la Lande, de Saussure u. A., in regem Austausch
seiner Ideen mit Männern, wie La Place, Boscovich, Euler,
Montucla, Lambert, u. A., schritt er der Vollendung seiner Ent-
würfe immer näher. Aber mitten in seiner Thätigkeit, bevor es ihm
vergönnt war, eines seiner begonnenen Werke beendet zu sehen, nahm
seine Schwachheit plötzlich zu. Nach kurzer Krankheit starb er in
einem Alter von fast 80 Jahren am 9. November 1803. — Seine Selbst-
bekenntnisse, in denen er mit rückhaltloser Offenheit seine Schwächen
eingesteht, enthüllen uns seinen Charakter als einen durchaus edlen.
Strenge Wahrheitsliebe und ein rastloses Streben nach Erkenntniss

waren die steten Motive seines Handelns. Treu seinem Glauben, in dem er erzogen, vermied er es, denselben mit seiner philosophischen Anschauung in Berührung zu bringen. Im Leben, wie im Denken bewahrte er sich in stiller Zurükgezogenheit die Ruhe eines Weisen. Auf die Entwickelung der neueren Philosophie ist er nicht ohne Einwirkung geblieben. Abgesehen von dem Einfluss, den er durch persönlichen Verkehr auf Bonnet und durch brieflichen auf die Mitglieder der Pariser und Berliner Akademie ausübte, ist derselbe namentlich bei Jacobi und in der ersten Periode der Schelling-schen Philosophie nicht zu verkennen.[1] und zwar wirkte er auf Schelling mehr als Philosoph, auf Jacobi, der ihm als sein Schüler persönlich nahe stand, mehr als Mensch. Das Bekenntniss Jacobis, er sei „ein Heide mit dem Verstande, ein Christ mit dem Gemüthe, erinnern an manche Aeusserung in der Autobiographie Le Sage's.

Das atomistische System Le Sage's ist dargestellt in seiner mechanischen Physik. Diese enthält vier Theile: Die Theorie der Schwere der Erd- und Himmelskörper, die Theorie der Cohäsion, die Theorie der Verwandtschaft und die Theorie der Ausdehnung. Den ersten Theil bezeichnet Le Sage „das System der corpuscules ultra-mondains." Man denke sich im unbegrenzten leeren Raume unendlich viele Atome, die, von einander durch grosse Zwischenräume getrennt, sich mit gleicher und ungeheurer Geschwindigkeit in gerader Linie nach allen Richtungen des Raumes hin bewegen. Diese Atome durch-eilen den Raum weit über die Grenzen des sichtbaren Universums hinaus, sie kommen und gehen gleichsam nach anderen Welten: deshalb nennt sie Le Sage corpuscules ultramondains. Die Gesammtheit der in Bewegung begriffenen corpuscules ultramondains bezeichnet er, weil sie der Entwickelung des Systems zufolge die Schwere verursachen, als fluide gravifique. Fixirt man irgend einen Punkt im Raume, so

---

[1] Schelling sagt: „Es ist eine unnöthige Mühe, die sich Viele gegeben haben, zu beweisen, wie ganz verschieden Feuer und Elektrizität wirken. Das weiss Jeder, der einmal etwas von Beiden gesehen oder gehört hat. Aber unser Geist strebt nach Einheit im System seiner Erkenntnisse, er erträgt es nicht, dass man ihm für jede einzelne Erscheinung ein besonderes Prinzip aufdringe, und er glaubt nur da Natur zu sehen, wo er in der grössten Mannigfaltigkeit der Erscheinungen die grösste Einfachheit der Gesetze und in der höchsten Verschwendung der Wirkungen zugleich die höchste Sparsamkeit der Mittel entdeckt." Ein einheitliches Princip, wie der Schelling'schen, liegt, wie wir sogleich sehen werden, auch der Le Sage'schen Naturphilosophie zu Grunde. Während jedoch Le Sage dasselbe in einem Weltstoff gefunden hatte, nahm Schelling „als ein organisirendes, die Welt zum System bildendes Princip" eine Weltseele an.

11

gelangen in jedem Augenblicke eine Menge Atome aus allen Richtungen
her zu ihm und gehen nach allen Richtungen hin von ihm aus, so
dass man für einen Zeitmoment jeden Punkt des Raumes als Centrum
der unzähligen Atome betrachten kann. Die Atome sind gleiche und
homogene, harte und unelastische, vollkommen isolirte materielle
Punkte. Ihre Gestalt ist kugelförmig. Wie die Geschwindigkeit sämmtlicher Atome, so ist auch die Dichtigkeit des durch sie gebildeten
Stromes gleich. Diese Dichtigkeit des fluide gravifique ist äusserst
gering, d. h. die Atome sind im Verhältniss zu ihren mittleren gegenseitigen Entfernungen so klein, dass zwei Atome sich äusserst selten
begegnen und die Gleichmässigkeit ihrer Bewegungen stören können.
Findet aber ein solcher Zusammenstoss zweier Atome statt, so tritt
eine Geschwindigkeitsabnahme derselben ein. Nach Le Sages Berechnung ist die verminderte Geschwindigkeit nach dem Zusammen-
stosse gleich ²/₃ der ursprünglichen vor demselben. Sie ist aber im
Verhältniss zu irgend einer bekannten Geschwindigkeit unendlich gross,
so dass die Atome, trotz der ungeheuren Zwischenräume, einen fortwährend vollständig continuirlichen Strom bilden. Taucht man in
diesen einen Körper, so bleibt dieser unbeweglich, da ihn die von
allen Richtungen her gleich stark wirkenden Atome im Gleichgewicht
halten; taucht man einen zweiten Körper in gewisser Entfernung von
dem ersten hinein, so nähern sich beide Körper einander, denn der
eine dient dem andern gleichsam als Schild, und die Atome, deren
Wirkung von der entgegengesetzten nicht mehr aufgehoben wird,
bringen eine constante Bewegung hervor. Jedes Massenelement im
Raume darf als Mittelpunkt der ungeheuren von den Atomen erfüllten
Sphäre angenommen werden. Die Massenelemente kann man sich
vorstellen als eine Art Gestelle, z. B. als solche von Würfeln und
Oktaedern, welche ausser durch ihre Kanten noch durch eine beliebige
Anzahl parallel diesen gezogener cylinderförmiger Stäbe gebildet
werden. Die Durchmesser dieser Stäbe sind äusserst klein im Vergleich mit der Länge und den gegenseitigen Entfernungen derselben,
so dass die Erde z. B. nur einen verschwindend kleinen Theil der
Atome, welche sie durchschneiden, aufzuhalten fähig ist. Ferner sind
alle Durchmesser als gleich anzusehen, oder ihre Ungleichheiten sind
compensiert durch Verbindung mehrerer Massenelemente. Diese selbst
sind gleich und so verschwindend klein, dass man ihnen ohne Be-
denken eine sphärische Gestalt zuertheilen kann, wenn sie dem Stosse
der Atome ausgesetzt sind. Ihre Masse ist undurchdringbar, aber die
Poren derselben sind im Verhältniss zu den Atomen äusserst gross,
so dass diese niemals darin hängen bleiben und den nachfolgenden

den Durchgang versperren können. Auch lagern sich keine Atome auf dem Massenelemente auf. Denn da die meisten Atome auf das Massenelement nicht perpendikulär, sondern in schiefer Richtung stossen, wird das Atom von seiner perpendikulären Geschwindigkeit jedes Mal so viel verlieren, als es dem Massenelement abgibt, und wegen der vollkommenen Härte in der Richtung der Tangente vom sphärischen Massenelement abgleiten. So werden die Atome, wie sie aus allen Richtungen kommen, wieder nach allen Richtungen weiter gehen, und zwar mit einer verminderten mittleren Geschwindigkeit, die Le Sage ebenfalls gleich $^2/_3$ der ursprünglichen berechnet. Sie wirken den neu ankommenden entgegen. Wären die Atome elastisch und folglich die Geschwindigkeiten zweier sich begegnenden gleich gross, so würden sie gegenseitig ihre Wirkungen aufheben, und das Massenelement verharrte im Gleichgewicht. Die ankommenden Atome wirken jedoch durch das Uebergewicht ihrer Geschwindigkeit, d. h. sie wirken, um die Schwere hervorzubringen, nur mit dem Drittheil ihrer ursprünglichen Geschwindigkeit. Die gleiche Anzahl Atome, deren Mittelpunkt ein Massenelement bildet, durchschneidet sämmtliche eingebildete Oberflächen der um dasselbe concentrisch beschriebenen Kugeln. Diese Kugeloberflächen sind proportional den Quadraten der Radien, also den Quadraten der Entfernungen der Oberflächen vom Massenelement. Die Dichtigkeiten des Atomenstromes in den verschiedenen Entfernungen oder die Wirkungen der Impulse, mit denen die Atome die ihnen begegnenden Körper nach dem Massenelemente hinstossen, sind demnach umgekehrt proportional den Quadraten der Entfernungen. Beachtet man ferner, dass sämmtliche Körper äusserst porös sind, und zwar so, dass die Atome im Verhältniss zu den Poren unendlich klein sind, so werden jene nur in verschwindend geringer Zahl aufgehalten, und die Menge derer, welche auf die erste und letzte Schicht eines Körpers wirken, ist fast dieselbe, ihre Wirkung auf den Körper oder die Schwere desselben ist proportional dessen Masse. — So ist das wunderbare Gesetz Newtons, dessen Entdeckung die gebildete Welt mit Staunen erfüllte und eines der bedeutendsten kulturhistorischen Momente für die Entwickelung der folgenden Jahrhunderte gebildet hat, a priori die Consequenz dieses atomistischen Systems. Die Keppler'schen Gesetze lassen sich als nothwendige Folge des Newton'schen erweisen. Aber auch die Gesetze Galileis sind Folgerungen desselben. Da sämmtliche Atome unendlich grosse und gleiche Geschwindigkeiten besitzen, folgen sie sich in genau gleichen Zeitmomenten. Durch den Stoss eines Atomes erhält der Körper eine Geschwindigkeit nach einer bestimmten Richtung, dass darauf folgende

Atom aus derselben Richtung wirkt ebenso wie das vorhergehende und so successive alle folgenden Atome aus dieser Richtung. Die Wirkung kann, weil sie eben aus unendlich schnell auf einander folgenden genau gleichen Stössen zusammengesetzt ist, als eine continuirliche betrachtet werden. Es folgt daraus, dass die successiven Geschwindigkeiten den Fallzeiten proportional sein müssen und, da Galilei erst dieses Gesetz indirect aus dem Erfahrungsgesetze: Die Fallräume verhalten sich wie die Quadrate der Zeiten, ableitete, direkt auch dieses. [1])

Das wäre in Kurzem die Darstellung des Systems der corpuscules ultramondains. Es bildet den Gegenstand der von der Akademie zu Rouen im Jahre 1758 gekrönten Preisschrift „Essai de chimie mécanique". Le Sage gab ihr diesen Titel lediglich des inneren Zusammenhanges wegen, in dem es mit dem System seiner mechanischen Physik steht. Den Inhalt kennzeichnet das Motto: Simile simili gaudet. Er entwickelt darin das Gesetz, dass die gegenseitige Anziehung homogener Substanzen stärker ist, als die heterogener; dass sie nur abhängig ist von der Dichtigkeit der Körper und nicht von der Ausdehnung der äusseren Berührungsflächen. Der Beweis dieses Satzes folgt aus dem System der corpuscules ultramondains. Da die Verbindungen der Theilchen abhängig sind von den Dichtigkeiten derselben, so beschäftigt er sich mit der Frage, von welcher Beschaffenheit die Poren zweier Arten von festen Körpern sein müssen, damit je zwei Körper der ersten oder der zweiten Art stärker gegen einander gestossen werden, als ein Körper der ersten und einer der zweiten Art. Beide Körper werden von denselben Atomen durchschnitten. Deshalb muss die Aehnlichkeit oder Verschiedenheit ihrer Poren so sein, dass ein Körper eine grössere Anzahl Atome absorbirt, d. h. einer grösseren Wirkung derselben ausgesetzt ist, wenn sie vorher durch einen andersartigen, als wenn sie durch einen gleichartigen Körper hindurchgegangen sind. Die Verbindungen sind also nicht abhängig von der Verschiedenheit der Lage und Figur der Poren, sondern von der Anzahl und dem Durchmesser derselben. Eine grosse Anzahl von Beispielen veranschaulichen diese Theoreme. — Le Sage hat die Preisschrift nicht veröffentlicht. Die wenigen Exemplare, die er besass, hat er später einer Correctur und Erweiterung unterzogen,[2]) nament-

---

[1]) Kaestner ist in der oben erwähnten Kritik im deutschen Museum 1776 der Ansicht, dass die Erklärung der Continuität des Falles durch stossweise Einwirkung unmöglich sei. Vergl. daselbst p. 553 ff. Einen solchen Einwand hatte Le Sage vorausgesehen und ihn deshalb schon oftmals widerlegt.

[2]) Ein solches Exemplar befindet sich in boîte 4 der Handschriften

lich war er von der im ersten Capitel versuchten Erklärung der Cohäsion unbefriedigt: schon im nächsten Jahre hatte er. wie aus einem Briefe an de la Rochefoucauld hervorgeht, seine Ansicht darüber geändert. Seine Freunde, denen er die Schrift zugesandt hatte, zollten ihr vollen Beifall. Besonders Lambert fand die Theorie Le Sages recht ansprechend. Er schrieb ihm darüber: „Je n'ai rien trouvé de plus beau que la méthode dont vous vous servez au second chapitre particulièrement, pour remonter des faits constatés aux principes qu'ils présupposent, et pour determiner ces principes uniquement parce que sans les admettre, les faits ne pourraient point avoir lieu".[1])

Die in den Memoires de Berlin von 1782 veröffentlichte Schrift „Lucrèce neutonien" enthält indirect ebenfalls das System der corpuscules ultramondains. Wie schon oben angedeutet, hatten die Atome des Demokrit durch Epikur wesentliche Determinationen erhalten. Auch bei diesem haben sie verschiedene Gestalt, Grösse und Schwere. Aber während sie sich bei Demokrit mit gleicher Schnelligkeit lothrecht nach unten bewegten, lässt sie Epikur von der senkrechten Falllinie abweichen, so dass durch den gegenseitigen Zusammenstoss Gruppirungen und Abweichungen nach entgegengesetzten Richtungen Statt finden, wodurch die Körperwelt entsteht.[2] Von diesen atomistischen Ansichten des Epikur, wie sie Lucretius in seinem Gedichte de rerum natura veranschaulicht hat, geht Le Sage aus. Aber weil diese ihm den Anstoss zu seinem Ideengange gegeben haben.[3] möchte er auf die Priorität der deducirten Gedanken zu Gunsten der alten Philosophen verzichten, ähnlich, wie der Franzose Dutens,[4] der geradezu behauptet hat, es gäbe keine moderne Entdeckung, die den Alten nicht schon bekannt gewesen sei. In

---

[1]) Prevost, Notice etc. p. 249.

[2]) Lucretius, de rerum natura. t. II. 216 ff.;
   Corpora cum deorsum rectum per inane feruntur
   Ponderibus propriis, incerto tempore ferme
   Incertisque loci spatiis decellere paulum. —
   Quod nisi declinare solerent, omnia deorsum
   Imbris uti guttae caderent per inane profundum
Vergl. ferner I. 391. 1049 ff. II. 160.

[3]) Prevost; Notice etc. p. 280. C'est-a-dire, qu'effectivement c'est dans la lecture du 2. livre de Lucrèce, que j'ai puisé la première idée de mes corpuscules.

[4]) Dutens, Recherches sur l'origine des découvertes attribués aux modernes. Paris, 1766. p. 9. 61. 71 f.

diesem Sinne schrieb ihm de la Rochefoucauld (1786): „Vous sacrifiez l'amour propre d'inventeur au désir de trouver à votre invention une origine antique". In Wahrheit ist der Gedankengang Le Sages eigener. Es ist dies Zurückgreifen in alte Zeit vom Standpunkte der Naturforschung aus gerade kein Vorzug. So lange sich diese von den Doctrinen des Alterthums nicht emancipiren konnte, hat sie unfruchtbar darniedergelegen. Aber bei Le Sage wird dies sowohl, wie seine Selbstverleugnung durch ein wichtiges Moment seines Charakters erklärt. Le Sage besass eine tiefe klassische Bildung. Unzählige schriftliche Belege von seiner Hand zeugen dafür. Er, dessen ganzes Leben ein Streben nach Wahrheit gewesen war, fand seine Befriedigung in dem reinen Aether edler Menschlichkeit, der den höchsten Leistungen in Kunst und Wissenschaften des klassischen Alterthums das Gepräge des Wahren und Schönen verliehen hatte. Kein Wunder, wenn er es versuchte, die Basis zu den modernen Errungenschaften seiner Wissenschaft im Geistesleben der Antike zu suchen. „Lucrèce neutonien" sollte eigentlich nur eine Einleitung sein, gleichsam nur als Vorbote betrachtet werden, mit dem er auf das Erscheinen seiner übrigen Werke vorbereiten wollte. Es offenbart sich dies aus einem Briefe, den er (1786) an die Herzogin d'Enville schrieb: „Vous avez bien raison de dire, que mon Lucrèce neutonien n'est que le prélude de l'ouvrage que je promets depuis longtemps. Mais c'est un prélude qui entre les mains des physico-mathématiciens qui l'examineront comme il faut, contient la solution du plus grand problème que se soient jamais proposé les physiciens et qui avait fini par paraître à la plupart d'entr'eux, ou absolument insoluble en soi ou du moins inaccessible à l'esprit humain." — Die Entwickelung des Lucrèce neutonien beruht auf der Voraussetzung, dass die Epikuräer, wenn sie die Lehre von der Kugelgestalt der Erde, die ihren Zeitgenossen bereits bekannt war, angenommen hätten, leicht darauf gekommen wären, die Atome, anstatt parallel zu einander, perpendiculär zur Oberfläche der Kugel bewegen zu lassen. Aber das ist eben nur eine Voraussetzung, denn die Idee, dass die Atome nach dem Centrum der Erde convergieren, ist Le Sage originell. Auf sie gründet sich die Entwickelung des ganzen Systems, die Erklärung der Newtonschen, Kepplerschen und Galileischen Gesetze. Interessant ist die Anwendung des Systems im Speciellen auf Erde und Mond. Die nach dem Centrum der Erde convergierenden Atome wirken auf den Mond von allen Richtungen her. Da aber ein Theil derselben durch die dazwischenliegende Erde abgeschwächt wird, so ist die Resultante sämmtlicher Kraftwirkungen ein verticales Fallen des Mondes nach der Erde hin. Dies findet in der That Statt, weil er sich sonst in der Richtung der Tangente fortbewegen müsste. Der Mond ist 60 Erdradien vom Mittelpunkte der Erde entfernt, die eingebildete Kugeloberfläche also, auf welcher der Mond liegt, ist 3600 Mal grösser, als die der Erde. Die Atome durchschneiden die erstere demnach mit einer 3600 Mal geringeren Dichtigkeit, als die Oberfläche der Erde, und verursachen in Folge dessen dem Körper, welchem sie begegnen, eine 3600 Mal geringere Schwere. In der That bildet nach Huygens[1]) diese verminderte Schwere das Aequivalent zur Centrifugalkraft des Mondes, so dass dieser regelmässig um die Erde rotirt. Der Theil der Atome, welcher den Mond nach der Erde stosst, wird abgeschwächt, so dass der unter dem Monde liegende Theil der Erde von einer geringeren Anzahl Atome getroffen wird. Eine Folge davon ist, dass sich der Ocean dem Monde entgegenheben muss, was auch beim Phänomen der Ebbe und Fluth beobachtet wird.

Wie ebenfalls aus seinen Correspondenzen ersichtlich ist, fand Le Sage durch seine Schrift grossen Beifall. Namentlich Montucla gab ihm denselben ungetheilt zu erkennen und versprach ihm, in seiner Geschichte der Mathematik von ihr Gebrauch zu machen. „Si j'ai jamais le pouvoir de donner une nouvelle édition de mon histoire, je ferai certainement usage de ce mémoire, qui me sera fort utile pour étoffer l'article de Xénophanes et autres philosophes qui ont adopté ses idées." Bekanntlich ist noch eine neue Ausgabe erschienen. Doch finde ich in derselben keine Andeutung oder Erweiterung des Textes an den betreffenden Stellen. Wahrscheinlich hatte dies Montucla, dessen litterarische Thätigkeit gerade in dieser Zeit unter den Stürmen der Revolution viel zu leiden hatte, gegen seine Absicht aus den Augen verloren.

Le Sage nimmt mehrmals Gelegenheit, auf zwei dem seinen ähnliche Systeme hinzuweisen, von deren Existenz er erst später, nachdem er seine Theorie längst aufgestellt hatte, Kenntniss erhielt. Diese öftere Hinweisung ist eine Folge der bei ihm fast zur Pedanterie gewordenen Furcht vor dem Verdachte des Plagiats. Die beiden Systeme sind die von Nicolas Fatio de Duillier und von Redeker. Fatios System zur Erklärung der Schwere hat Manches mit dem des Le Sage gemein, obschon es im Prinzip von demselben verschieden ist. Namentlich ist es die Construction der kastenartigen Massenmoleküle, in der beide überein-

---

[1]) Huygens, prop. 2 u. 3 am Ende des Horologium oscillatorium. 1673.

stimmen. Die schwermachenden Atome, die Fatio Aether nennt, haben ebenfalls eine ungeheure geradlinige Geschwindigkeit nach allen Richtungen, sind aber bei ihm nicht ultramondains und, was das Wichtigste ist, nicht hart, sondern elastisch, so dass das Zurückprallen der Atome mit unverminderter Geschwindigkeit, also ein gegenseitiges Aufheben ihrer Wirkungen, die Folge sein würde. Le Sage vermied dies durch die absolute Härte seiner Atome. Ueberhaupt ist das System Fatios nur eine Zusammenstellung einzelner, zum Theil mangelhafter Hypothesen, während Le Sage seine Ideen in einer einheitlichen Theorie zusammengefasst hat. Ausser zwei durch de Beyrie an Leibniz gerichteten Briefen Fatios[1] ist eine poetische Darstellung seines Systems, eine Nachahmung von Lucretius' „De rerum natura", von Wichtigkeit. Die Bruchstücke desselben hatte Le Sage an sich gebracht und der Genfer bibliothèque publique, woselbst sie sich noch jetzt befinden, übergeben.[2] — Gleichfalls von geringerer Bedeutung ist ein System des deutschen Arztes Redeker. Es ist in seinen Hauptzügen dem Le Sages ähnlich, enthält aber nicht die Consequenzen desselben. Die Atome sind hart und in schneller Bewegung begriffen. Da er aber die Durchdringbarkeit der Körper ausser Acht lässt, kann er das Gesetz, dass die Schwere proportional den Massen sei, nicht erklären.[3]

Was Le Sages System selbst betrifft, so beruht es doch trotz der Einfachheit seiner Postulate auf ziemlich gewagten Hypothesen, die mit unendlich grossen und unendlich kleinen Raum- und Zeitvorstellungen operieren. Durch einen solchen hypothetischen Charakter entzieht es sich schon einer nutzbringenden Discussion. Das ganze System steht oder fällt eben mit den Hypothesen. Während diese aber einerseits durch nicht zu leugnende Willkür abschrecken, ge-

---

[1] Sie finden sich gedruckt in Leibnitii opera omnia. Berolini 1789. t. III. p. 657 ff.

[2] Handschriftenverzeichniss. p. 189. — Ueber Fatio v.: Jean Senebier, Histoire litteraire de Genève 1786. p 153 ff

[3] Redeker, De causa gravitatis. Lemgoviae, 1736
    Meditationes philosophiae de natura motus cohaesionis et elasticitatis corporum. Lemgoviae, 1738.
Einige bezeichnende Aeusserungen Redekers sind: Ergo radii invisibiles a nobis detecti veram constituunt gravitatis causam. — Si pressio omni ex parte fuerit aequalis nullusque impulsus aliunde praecesserit, (corpora) quiescunt sive in aequilibrio quietis existunt. Vim activam et passivam corporum proprie non differre, sed utrinsque causam ex uno eodemque fonte nempe radiorum moventium actione petendam. — Vgl. auch Prevost. Deux traités etc. préface XXXIII.

2

winnen sie doch andererseits wieder durch das einheitliche Princip, das ihnen zu Grunde liegt. Le Sage selbst hat alle möglichen Einwände aufgestellt und in der Widerlegung derselben die Hauptgesichtspunkte seines Systems in Einzelheiten entwickelt und durch Beispiele erläutert. Auf diese Einzelheiten bin ich bisher nicht eingegangen, weil ich jetzt Gelegenheit haben werde, die wesentlichsten derselben dem Wortlaute nach anzuführen. Ich werde mich dabei, soweit es ausreichend ist, auf die in den „Deux traités de physique mécanique" aufgenommenen Stellen beziehen, da diese Jedem unschwer zugänglich sein dürften.

C. Isenkrahe hat in seiner Abhandlung „Das Räthsel von der Schwerkraft", bevor er darin eine von ihm selbst construirte Theorie der Gravitation aufzustellen unternimmt, eine Kritik mehrerer vor ihm versuchten Lösungen dieses Problems gegeben. Im sechsten Capitel behandelt er die Theorie von Le Sage-Thomson. Ich bemerke im voraus, dass Isenkrahe an dem Irrthum, der sich durch seine ganze Schrift hindurchzieht, direct nicht schuld ist. Der Text der Thomson'schen Abhandlung ist ihm, wie er sagt, nicht zugänglich gewesen. Er beruft sich in seiner Kritik auf die beiden oben erwähnten, in ihren Urtheilen entgegengesetzten Darstellungen von P. G. Tait und Professor Zöllner. Nun bietet die Tait'sche Vorlesung allerdings nur einen überaus kurzen Extract des Systems der corpuscules ultramondains, aus dem Isenkrahe sich keine genügende Einsicht verschaffen konnte, ebensowenig wie aus der abfälligen Kritik Zöllners, dessen eigene Kenntniss von der Theorie Le Sages mit dem darüber gegebenen Urtheile in gleichem Verhältnisse zu stehen scheint. Wenn Zöllner, der bei Thomson die Uebersetzung des Appendix zum „Lucrèce neutonien", worin weiter nichts, als die Constitution der Massenmolecüle und der corpuscules ultramondains enthalten ist, aus „wissenschaftlichem Unmuthe" wohl kaum zu Ende gelesen hat, sagt: „Le Sage fasst seine Theorie in einem Appendix zu dem „Lucrèce neutonien" zusammen . . . ." und ferner Le Sage Ansichten zuschreibt, die von demselben zu wiederholten Malen widerlegt worden sind, wie: „Kastenatome mit parallelen Querstäben, zwischen denen gelegentlich ultramundane schwermachende Körperchen 'stecken bleiben' und hierdurch die Kastenatome schwer machen", so erscheint mir sein Sarkasmus bei solchen thatsächlich dem ganzen System widersprechenden Angaben nicht verständlich. Zöllner fängt mit einem Auszuge aus diesem „das ganze System umfassenden" Appendix an und bricht dann plötzlich ab mit den Worten; „Es folgen nun noch sieben von derartigen Definitionen und

Voraussetzungen über die Beschaffenheit der schwermachenden Körperchen, welche von Sir William Thomson den Lesern des Philosophical Magazine[1]) in gewissenhafter Uebersetzung vorgeführt werden, mit denen ich jedoch die Leser meiner „wissenschaftlichen Abhandlungen" nicht weiter zu behelligen wage". Isenkrahe bemerkt darauf: „Ich bedaure das sehr, ganz besonders deshalb, weil es von Interesse ist zu wissen, ob Le Sage seine Körperchen mit Elasticität ausrüstet oder nicht". Nun, geschadet hätte es nichts, wenn Zöllner noch etwas weiter citiert hätte. Auf jeden Fall hätte er dann nicht Isenkrahe zu einem falschen Urtheil über Le Sages Theorie verleitet. Denn bei Thomson heisst es: „He (Le Sage) supposed the corpuscules to be inelastic (durs) and points out that we ought not to suppose them to be permanently lodged in the heavy body (entassés) that we must rather suppose them to slip off". Wie oben gezeigt, ist die absolute Härte der Atome ein wesentliches Moment der Theorie Le Sages. Besteht doch in ihr die hauptsächlichste Divergenz zwischen seiner und Fatios Theorie! Dass Thomson elastische Atome annimmt, berechtigt Isenkrahe nicht, sie auch mit Bestimmtheit Le Sage zuzuschreiben, noch dazu, da die absolute Härte eine massgebende Rolle in Isenkrahes eigener Theorie spielt. Ich hege keinen Zweifel, dass Isenkrahe Le Sages Theorie nicht gekannt hat, aber ich habe das Gefühl, als ob er in dem Wunsche, eine neue Theorie aufzustellen, zu wenig Gewicht auf die Frage gelegt habe, ob sich die hauptsächlichsten Momente derselben schon in den Theorien Anderer vorfinden. Denn wenn er die Worte Thomsons anführt: „Auf diese Weise wird die von Le Sages Theorie geforderte Bedingung erfüllt, ohne die neuere Thermodynamik zu verletzen",[2]) so musste er sich dabei doch etwas denken und sich fragen, was ist das, womit Le Sage nach Thomsons Ansicht die neuere Thermodynamik verletzt? Ohne Zweifel ist es die absolute Härte der Atome.[3]) Am nachtheiligsten zeigt sich Isenkrahes Irrthum, wenn er auf Grund desselben zwei Theorien mit der von Le Sage identisch erklärt, nämlich die von Thomson und Schramm. Schon in dem Titel „Theorie von Le Sage-Thomson" ist die Un-

[1]) Er meint wohl Proc. of the Roy. Soc. of Edinb.

[2]) l. c. p. 73.

[3]) Darüber lassen auch die Worte Thomsons nicht im Unklaren: The object of the present note is . . . . to point out that the assumption of diminished exit velocity of ultramundane corpuscules, essential to Le Sage's theory, may be explained for perfectly elastic atom, consistently both with modern thermodynamics and with perennial gravity

richtigkeit ausgesprochen. Denn er soll nicht bedeuten: Die Theorie von Thomson und die von Thomson wieder auferweckte des Le Sage, sondern: Die Theorie Thomsons als die wieder auferweckte Le Sages. Isenkrahe kommt zu dem Schlusse: „Eine eigentliche Thomson'sche Gravitationstheorie gibt es also nicht; Le Sage ist es vielmehr, dessen Gedanken im Jahre 1871 in der Thomson'schen Abhandlung ihre Auferstehung feierten, nachdem der Autor schon lange Jahre begraben und seine Lehre von der Schwerkraft vergessen war. Wir werden bald finden, dass im folgenden Jahre 1872 diese Auferweckung von den Todten sich in Wien wiederholte". Auf Thomsons Theorie brauche ich hier nicht näher einzugehen. Sie beruht auf der Continuierlichkeit der Materie, auf der ringförmigen Bewegung von Wirbelatomen und auf der vollkommenen Elasticität derselben. Nun ist aber die vollständig continuierliche Flüssigkeit, die Isenkrahe als „die wesentlichste Grundlage der ganzen Theorie" Thomsons bezeichnet, der gerade Gegensatz von dem fluide discret,[1] die vollkommene Elasticität von der vollkommenen Härte, die Wirbelringe von der geradlinigen Bewegung der corpuscules ultramondains.[2] Die letztere vertheidigt er u. A. gegen Euler, der die Wirbelatome als eine nothwendige Consequenz der corpuscules ultramondains erklärt hatte.[3] Während Thomson durch die Wirbelatome die Erscheinungen der Molecularphysik zu erklären sucht, geschieht dies bei Le Sage erst durch eine in Folge der Wirkung der Atome in Rotation versetzte untergeordnetere Art feiner Materie.[4] Deshalb finde ich es auch ganz erklärlich, dass Zöllner da, wo er nach seinen vorherigen Auslassungen eine Vereinbarung beider Theorien beweisen müsste,

---

[1] Les géomètres se sont assez occupés jusqu'à présent des fluides continus, qui forment un plein parfait ou presque parfait, (dont cependant personne ne croit plus guère l'existence), pour qu'il soit temps enfin de considérer aussi les fluides discrets, qui doivent avoir lieu dans ce vide presque parfait, dont les physiciens se persuadent tous les jours davantage. (Deux traités etc. p. 75.)

[2] Le mouvement de notre fluide est actuellement rectiligne. Ibid. p. 70.

[3] p. m. 53 f.

[4] Il arrivera presque toujours . . . que nôtre solide (de l'air subtil) quoique privé de tout son mouvement progressif, sera cependant agité de quelque rotation, de sorte qu'il cessera d'appliquer directement sa proue contre l'autre corps, ce qui lui permettra de céder à de nouvelle impulsion des corpuscules ultramondains. (Theorie der Cohäsion.) — Les impulsions que reçoivent ces particules doivent (selon leurs figures) produire chez elles des mouvements de rotation; et de ces mouvements résultent des routes variées, en hélices, etc. Peut-être quelque jour la contemplation de ces mouvements pourra-t-elle éclaircis certains phénomènes. (Deux traités etc. p. 111.)

zum Bedauern Isenkrahes abermals abbricht. Der einzige Berührungspunkt zwischen Thomson und Le Sage bleibt die Constitution der kastenartigen Massenelemente, obschon Thomson in der Annahme derselben schwankt. Nun bilden aber diese kastenartigen Massenelemente, die Zöllner als die Quintessenz der Le Sage'schen Theorie zu betrachten scheint, durchaus keinen integrirenden Theil derselben. Le Sage verlangt, wie sämmtliche der seinen ähnlichen Theorien, eine vollständig durchdringbare Materie. Dass er diese auf eine regelmässige Construction der Massenmolecüle zurückführt, ist keine unnütze Spielerei, sondern eine Folge langwieriger und complicierter Rechnungen. Seine Construction hat nichts gemein mit der Zurückführung elementarer Grundstoffe auf stereometrische Formen, wie Plato und Andere sie angenommen hatten, noch mit den Versuchen, „aus blossen Gruppirungen der Atome die Erscheinungen der Natur erklären zu wollen".[1] Sein teleologischer Standpunkt wies ihn darauf hin, die regelmässigste und für die Durchdringbarkeit geeignetste Construction der Materie anzunehmen, nämlich eine solche, bei welcher der Weg der sie durchschneidenden Atome ein Minimum sei, und seine von Zöllner so arg mitgenommenen „Kastenatome" sind Versuche solcher Untersuchungen. Dass die Molecularstructur überhaupt bei den wichtigsten Erscheinungen vom Einfluss ist, kann doch nicht geleugnet werden. Ich erwähne nur die Erscheinungen der Doppelbrechung und der Polarisation des Lichtes, die in verschiedenen Richtungen verschiedene Ausdehnung der Krystalle der unregulären Systeme bei erhöhter Temperatur und das ungleiche Wärmeleitungsvermögen der Krystalle in verschiedenen Richtungen. Isenkrahe hätte mit viel grösserem Rechte schreiben können: Die Theorie von Fatio-Thomson. Beider Theorien decken sich bei weitem eher, auch war die Fatios Thomson wohlbekannt.

Da Isenkrahe überzeugt ist, dass diese Kastenatome den meisten Physikern fremdartig vorkommen werden, fährt er fort: „Um so interessanter wird es sein, eine andere Auferweckung der Theorie Le Sages kennen zu lernen, die den Grundgedanken festhält, aber von derartig complicirten Atomen vollständig absieht. Der Autor derselben ist Heinrich Schramm, Director der N.-Oesterr. Landes-Oberrealschule in Wiener-Neustadt und k. k. Bezirks-Schulinspector". Und welcher ist dieser Grundgedanke? Hören wir weiter. „Ob Schramm von Le Sage etwas gewusst hat, ist aus seinen Schriften[2]

---

[1] Harms. Encyklopädie der Physik. t. I. p. 383.
[2] H. Schramm. „Die allgemeine Bewegung der Materie als Grundursache der Naturerscheinungen" 2. Abth. Wien, 1872.

nicht zu ersehen. Es scheint nicht der Fall zu sein. . . . . Nun
stimmt aber, wie wir sehen werden, seine eigene Anschauung mit dem,
was wir oben über die Theorie Le Sages hörten, so merkwürdig
überein, dass Schramm, wenn er Le Sage gekannt hätte, ihn gewiss nicht mit den andern Hypothesenschmieden auf denselben Haufen
würde geworfen haben. Zunächst haben wir bei Schramm die
kleinen Körperchen, welche mit fabelhafter Geschwindigkeit den Welt-
raum durchkreuzen und „vollkommen elastisch" sind". Also
Schramm hat die vollkommen unelastischen Atome zu compressibeln
Bläschen [1]) aus ihrem Schlafe auferweckt! So heisst es weiter: „Wie
verhält es sich nun aber mit der postulirten vollkommenen Elasticität der Atome? Sämmtliche bis jetzt erörterten mechanischen
Erklärungsversuche der Gravitation basiren auf der Voraussetzung,
dass jedes Atom, welches durch Druck, oder durch den Impuls einer
fortschreitenden Aetherwelle, oder durch Stoss eine Deformation er-
litten, nicht allein das Streben, sondern auch das dauernde und un-
verlierbare Vermögen habe, seine Urgestalt wieder herzustellen. Dieses
Vermögen benutzt . . . . Le Sage-Thomson und Schramm unter
dem Namen Elasticität mit aller Zuversicht als eine Grund-
voraussetzung der ganzen Betrachtung".[2]) Ferner: „Le Sage-
Thomson und Schramm benutzen nur den einfachen Stoss, auch
Dellingshausen[3]) nähert sich bei seinem Aufsatze im Kosmos
schon der alten Anschauung Le Sages. Aber Alles, was bei
diesen Theorien drückt oder stösst, ist elastisch, und zwar
zeigen nicht blos die Atomconglomerate die Elasticität als Phänomen,
sondern die Urbestandtheile selber besitzen sie als Kraft".[4])

Ich glaube, diese Angaben genügen, um zu zeigen, dass die
Theorien Schramms und Le Sages vom Grund aus verschieden
sind, also auch in ihren Consequenzen, auf die ich hier nicht weiter
einzugehen brauche.[5]) Warum Isenkrahe die Gravitationstheorie
Le Sages vom Jahre 1764 her datiert, ist mir unverständlich.[6]) Le
Sage fand seine Theorie im Jahre 1747. „Essai de chimie mécanique"

[1]) Ibid. p. 14.
[2]) l. c. p. 80.
[3]) Baron N. v. Dellingshausen, Grundzüge einer Vibrationstheorie der
Natur. Reval, 1872.
[4]) l. c. p. 85.
[5]) So sagt Schramm: „Die hier beschriebene Bewegungsverzögerung hat
man sich übrigens nicht etwa als eine Abnahme der Atomgeschwindig-
keit, sondern als ein Zurückbleiben der Atome während ihrer Reflexion vorzustellen. l. c. p. 88.
[6]) l. c. p. 61.

wurde 1758 gedruckt und „Lucrèce neutonien" erschien 1782.
Sollte ihm vielleicht der Titel des unbedeutenden Artikels im Journal
de es Savans, 1764: „Loi qui comprend toutes les attractions et répul-
sions" bekannt gewesen sein und dazu veranlasst haben?

Was Isenkrahes eigenen Versuch einer neuen Lösung des
Gravitationsproblems betrifft, so bin ich zu der Ueberzeugung gekommen, dass, während seine Auffassung von der Theorie Le Sages
eine irrthümliche war, seine eigene in sämmtlichen Fundamentalbe-
griffen mit jener übereinstimmt. Ich werde darauf etwas näher ein-
gehen, damit für die Zukunft bei der jetzt vorherrschenden gleichen
Richtung in der Physik weiteren Versuchen entschieden vorgebeugt
werde, solche Ideen als neue aufzustellen, welche schon vor einem
Jahrhundert Le Sage ausgesprochen und denen er für spätere
Zeiten eine dauernde Anerkennung prophezeit hat. Ich stelle mich
dabei auf denselben Standpunkt, von dem aus Isenkrahe die
Theorien Thomsons und Le Sages besprochen hat, nämlich: „Wir
können höchstens nach den Prämissen fragen, auf welche der ganze
Bau gegründet ist".[1] obschon ich auch auf Einzelheiten einzugehen
gezwungen sein werde.

Der Schlussabsatz des elften Capitels „Zur Orientirung" lautet:
„Durch diese Schlussreihe bin ich zu der Ueberzeugung gekommen,
dass die Annahme von vollkommen elastischen Atomen nicht nur
deswegen abgestreift werden muss, weil sie das Gravitationsproblem
auf einen Boden verpflanzt, welcher dem Gebiete der Naturwissen-
schaft und der erkennbaren Causalverbindungen transcendent ist,
sondern auch deshalb, weil diese Annahme sich als eine für den vor-
liegenden Zweck völlig unfruchtbare und nutzlose erweist".[2] Solche
Aeusserungen sind uns naturgemäss schon mehrere in der Arbeit
begegnet, wie: „Die Annahme von vollkommen elastischen Kasten-
atomen und vollkommen elastischen ultramundanen Körperchen trägt
einen Widerspruch in sich selbst".[3] oder „Die Elasticität der Atome
ist an sich selbst ein unerlaubtes Hülfsmittel, sie ist eine Combination von Begriffen, die einen logischen Widerspruch involviren"[4]
u. a. m. Ich muss gestehen, solche Stellen heimeln mich an. Ich las
sie zu oft, wenn ich auf der Genfer Bibliothek die Aufzeichnungen
Le Sages durchblätterte. Also bei ihm lautet kurz die Definition
des Atomes in diesem Sinne: „un atome est durs dans le sens absolu,
c'est à dire infrangible, inflexible et privé de toute élasticité".[5] Nun

---

[1] l. c. p. 67. — [2] l. c. p. 136. — [3] l. c. p. 73. — [4] l. c. p. 81.
[5] Deux traités etc. p. 5. Unter den Handschriften befinden sich ganze
Paquete ähnlicher Aeusserungen.

zu den weiteren Prämissen. „Die erste und wichtigste Voraussetzung ist die, dass der Aether ein Gas sei". Und zwar: „Im Sinne der kinetischen Gastheorie heisst das weiter nichts, als dass seine Atome mit irgend welcher durchschnittlichen Geschwindigkeit nach allen Richtungen den Raum durchfliegen. Darin liegt denn nun auch ausgesprochen, dass denselben die unter dem Namen ‚Beharrungsvermögen' verstandene Eigenschaft zugeschrieben wird".[1] Ich brauche wohl kein Wort weiter hinzuzufügen, dass Le Sages fluide discret der corpuscules ultramondains dieser Anforderung des Aethers entspricht. Die Atome stellen wir uns als materielle Körperchen vor. „Unter dieser Materialität ist weiter nichts verstanden, als dass die Aetheratome nichts gemein haben mit alledem, was man geistig, übersinnlich, transcendent etc. zu nennen pflegt. Die Aetheratome sind auf Grund dieser Materialität nicht frei von Raum und Zeit, sondern an Beides gebunden, und zwar einfach so, dass ein und derselbe Raum zu ein und derselben Zeit nur ein einziges, nicht etwa zwei unidentische Aetheratome zugleich beherbergen kann".[2] Auch dies bildet ein wichtiges Postulat bei Le Sage. Die Prämisse des Zusammenstosses, sowohl des centralen als auch des schiefen, und die Frage, „ob zum Vollbringen dieser Veränderung im Bewegungszustande wirklich ein Zeitraum von irgend welcher Ausdehnung erforderlich ist, oder ob dieselbe momentan sei", sind, wie wir bald sehen werden, von beiden gleich umfangreich discutiert worden. Die weiteren Prämissen, „der Aether sei ein wesentlich homogenes Gas, seine Bestandtheile seien also alle einander gleich" und „dass die Aetheratome sich nach keiner Richtung des Raumes im Allgemeinen zahlreicher oder schneller bewegen, als nach irgend einer anderen",[3] sind bei Le Sage ausgedrückt: „Ce premier atome ou corpuscule, étant ainsi constitué; rangez par la pensée d'une manière uniforme et régulière d'autres corpuscules pareils . . . . . . vous avez maintenant la conception d'un fluide discret".[4] „Le fluide discret ainsi constitué, ayant chacun de ses élémens mû d'une vitesse égale et très-rapide, travers l'univers".[5] „Il y a des courans égaux de corpuscules selon tous les sens imaginables".[6] u. a. m. Die letzte der Prämissen ist: „So oft die Gestalt der Atome oder Molecüle in Frage kommt, haben wir unsere Betrachtung auf die Kugelform eingeschränkt, weil alle anderen Formen der Rechnung grosse Schwierigkeiten bieten.[7] Le Sage sagt: „La figure des atomes n'est pas

[1] l. c. p. 137 — [2] l. c. p. 138. — [3] l. c. p. 115. — [4] l. c. p. 5. — [5] l. c. p. 6. — [6] l. c. p. 50. — [7] l. c. p. 143.

déterminée par les phénomènes. On peut par raison de simplicité, la concevoir sphérique,[1] u. a. m. Von dem Massenmolecüle heisst es ebenfalls: „Aux surfaces de cette molécule, accessibles mais imperméables au fluide gravifique, substituez une seule surface sphérique égale à leur somme".[2] „Cependant lorsqu'il s'agit d'apprécier les effets de la percussion des corpuscules contre ces élémens, il sera plus simple de réduire les particules frappées à la forme sphérique . . . . Il n'y a donc point de conception plus naturelle à la fois et plus simple, que celle d'un élément sphérique en proie à l'activité de tous ces courans".[3] Isenkrahes Prämissen: Der Aether ist ein homogenes Gas im Sinne der kinetischen Gastheorie — die Aetheratome sind materiell und unelastisch — ein Zusammenstoss, und zwar sowohl ein centraler als auch ein schiefer, ist die unvermeidliche Folge Zahl und Geschwindigkeit der Aetheratome sind überall gleich - die Atome und Massenmolecüle werden als kugelförmig betrachtet — sind sämmtlich die gleichen, wie bei Le Sage. Unerwähnt habe ich bisher gelassen die von Isenkrahe auf Grund dieser Prämissen und des Satzes von der Proportionalität der Ursachen und Wirkungen aufgestellte Fundamentalformel für das Gesetz vom unelastischen Stoss.[4] Zu meinem grossen Bedauern habe ich seiner Zeit, als ich die Handschriften Le Sages studierte und es mir nur daran lag, Einsicht in sein System zu erhalten, es unterlassen, den Calcül, überhaupt Anwendungen seines Systems eingehender zu untersuchen, was ja auch bei der Menge des Stoffes mir durchgängig nicht möglich gewesen wäre. Ich weiss nicht, welche analytischen Formeln Le Sage in diesem Falle aufgestellt hat. Um so überraschender war es für mich, eine gewisse Uebereinstimmung in den Resultaten beider zu finden. Isenkrahe findet nämlich für die Durchschnittsgeschwindigkeit der vom Molecül abgeprallten Aetheratome eine Formel,[5] nach welcher „je nach der Masse, gegen welche die Aetheratome anprallen, ihre Durchschnittsgeschwindigkeit nach dem Stosse bis zu zwei Drittel des ursprünglichen Werthes wird abnehmen können", und zwar wird dieser Grenzwerth erreicht, wenn diese Masse eine unendlich grosse

---

[1] l. c. p. 5. — [2] l. c. p. 84. — [3] l. c. p. 50.

[4] Nämlich die bekannte Formel: $C = uc \mid m_1 c_1$. In Worten ausgedrückt

$$m - m_1$$

findet sich dieselbe, sowie der gleiche Entwickelungsgang, ebenfalls bei Le Sage Vergl. unten p. m. 31. Anmerk.

[5] $\dfrac{2}{3} c \dfrac{3 \mu^2 + 3 \mu m + m^2}{2 \mu^2 + 3 \mu m + m^2}$, worin μ die durchschnittliche Masse der Aetheratome, m die Masse des Molecüls bedeuten.

ist. Bei Le Sage lautet dies folgendermassen: „Si l'élément est
conçu sphérique et comme infinie en grosseur, par rapport au
corpuscule; celui-ci s'échappera par la tangente. Comme les courans
arrivent à l'élément en tous sens, ils reviendront aussi de l'élément
en tous sens, avec des vitesses très-variées, dont cependant on
pourra estimer la moyenne. Cette vitesse moyenne est les deux
tiers de la vitesse qu'ils avaient à leur arrivée".[1]) Eine directe
Folge davon ist bei Le Sage, dass die Atome mit $\frac{1}{3}$ ihrer ursprünglichen Geschwindigkeit auf die Masse wirken und die Schwere
hervorbringen. „Les courans arrivants n'agissent que par l'excès de
leur mouvement sur le mouvement des courans de retour. Mais les
masses de ces deux espèces de courans sont les mêmes; donc, c'est
de l'excès de la vitesse des uns sur celle des autres que dépend leur
efficace; c'est-à-dire, que les corpuscules gravifiques n'agissent pour
produire la gravité que par le tiers de leur vitesse". Auch dieses
Resultat entspricht dem Isenkrahes im dreizehnten Capitel: Wirkung
des Aethers auf ein ruhendes Molecül.[2]) Aber namentlich in den
Grundanschauungen beider Theorien finden sich Uebereinstimmungen.
So heisst es gleich am Schlusse dieses Capitels: „Der ganze Himmelsraum ist das Reservoir, aus welchem die lebendige Kraft der Aetheratome unserem Planeten in einem stetigen Strome zufliesst, einem
Strome, dessen ausserordentlich feines Fluidum durch die verhältnissmässig weitmaschigen Gefüge der sogenannten groben Materie
nur in sehr geringem Masse eingedämmt und abgesperrt werden
kann, und dessen Schnelligkeit der des Blitzes vergleichbar ist. Ver-
gegenwärtigt man sich nun die berechneten enormen Strecken, welche
die Körper unseres Sonnensystems zwischen sich lassen, und erst jene
unvorstellbar grossen Räume, welche die Fixsterne bis zu den feinsten
Nebelflecken von einander trennen, und überlegt, wie winzig klein
diesen gegenüber der mit undurchdringlicher Materie wirklich ange-
füllte Raum ist, so kann man, glaube ich wohl, zu dem Resultate
kommen, dass die Totalsumme der lebendigen Kraft, welche die in
diesem unfassbar grossen Tummelplatz einherfliegenden Aetheratome
besitzen, durch die während einer endlichen Zeit vorkommenden Zu-
sammenstösse nur um einen unendlich kleinen Bruchtheil abnehmen

---

[1]) l. c. p. 60.

[2]) Er findet den centralen Stosseffect aller auf die Fläche d t antprallenden
Atome gleich $\frac{1}{3} \mu r e d t d t$. worin μ die durchschnittliche Masse, r die Zahl der
Aetheratome, welche in der Zeiteinheit durch eine im Raum beliebig fixierte
Ebene von der Grösse 1 hindurchpassieren, bedeuten.

kommen".[1] Ist das etwas anderes, als das System der corpuscules ultramondains? Namentlich in Bezug auf das letztere schreibt Le Sage: „Si les corpuscules du fluide gravifique se rencontrent, on peut craindre que, retardant mutuellement leurs mouvements, ils ne finissent par devenir sensiblement ralentis, d'où résulterait une diminution sensible de la force de pesanteur et de celle d'attraction neutonienne. On pourrait faire réponse, qui tendrait à accorder quelque chose à l'objection, en éloignant l'effet autant qu'il serait nécessaire pour qu'il n'eût aucune conséquence sensible dans tous les temps où l'univers doit exister."[2]

In dem 16. Capitel: „Einfluss zweier ruhenden Körper auf einander," heisst es: „Sehen wir also von diesen Oscillationen ab, so ist die Resultante sämmtlicher Kräfte, welche auf das einzelne Molecül während einer nicht gar zu kurzen Zeit einwirken, gleich Null. Wenn aber das Molecül a in einem Aether schwebt, der durch die Anwesenheit des Molecüls b schon in gewisser Weise influenzirt ist, so hört dieses statische Gleichgewicht auf. Die von dem Molecül b herkommenden Aetheratome haben eine geringere Durchschnittsgeschwindigkeit als die anderen, und wir können uns den dadurch entstehenden Ausfall als eine Kraft vorstellen, welche beide Molecüle zu nähern strebt."[3] Dies ist genau derselbe Gedankengang, wie wir ihn oben[4] bei Le Sage kennen gelernt haben. Isenkrahe kommt in diesem Capitel zu dem Resultate: „Die gravitirende Wirkung der Körper steht im zusammengesetzten Verhältniss ihres Volumens und ihrer Dichtigkeit . . . . . Der Gravitationseffect eines Körpers ist proportional seiner Masse, und die durch Aetherstösse hervorgerufene Pseudo-Anziehung zweier Körper proportional dem Product ihrer Massen:"[5] also ein Resultat, zu welchem Le Sage auf demselben Wege gelangt ist. „Il suit de cette constitution des graves, que le nombre de corpuscules, qui arrivent aux premières et aux dernières couches d'un corps, est sensiblement le même, malgré la grosseur de ce corps; et par conséquent, que les interceptions sont proportionelles à la quantité de matière: en d'autres termes, que la pesanteur est proportionelle aux masses,"[6] u. a. m. Auf die zu Grunde liegende Annahme der Körperbeschaffenheit, nämlich den Körper in seine Molecülschichten zerlegt zu betrachten, brauche ich nicht weiter einzugehen: darin stimmen ja beide offenbar überein. Nur die von Isenkrahe aufgestellten vier „Annäherungen" will ich noch kurz betrachten. Diese An-

---

[1] l. c. p. 152. — [2] l. c. p. 96. — [3] l. c. p. 173. — [4] p. m. 11. — [5] l. c. p. 177. — [6] l. c. p. 12

näherungen sind: 1) Die Wirkungen zweier aufeinander folgender Schichten resp. der sie treffenden Atome) sind gleich. 2 Ist r die Zahl der Aetheratome, fr die Zahl derer, welche von ihnen auf eine Schicht auftreffen, so ist das Verhältniss der attractiven Wirkungen sämmtlicher aufeinander folgenden Schichten

$$1 : \left(1 - \frac{fr}{r}\right) : \left(1 - \frac{fr}{r}\right)^2 : \dots$$

wo fr gegen r unendlich klein angenommen wird, „so dass $\frac{fr}{r} = 0$ die Grenze charakterisirt, bis zu welcher man bisher in der Erklärung des Einflusses, den das Massenproduct bei der Gravitation ausübt, gegangen ist." 3 Die von der ersten Molecülschicht reflectirten resp. abgeglittenen Aetheratome wirken auf die zweite. 1 Die Aetheratome können als sogenannte „überschüssige Reflexionen" auf alle übrigen Schichten wirken. Die erste Annäherung war Voraussetzung bei beiden. Bezüglich der zweiten Annäherung sehe ich in der analytischen Substitution der Formel $\frac{fr}{r} = 0$ [1]) für die Hypothese Le Sages von der Durchdringbarkeit der Materie nichts Neues; denn auch Isenkrahe kommt am Ende zur Bestimmung des Werthes von $\frac{fr}{r}$ auf jene Hypothese zurück. „Wenn es aber auch einstweilen noch nicht möglich ist, den Werth $\frac{fr}{r}$ einigermassen sicher numerisch zu bestimmen, so gibt es dennoch eine Menge von Anhaltspunkten, die uns zu der Ueberzeugung führen, dass der gegenseitige Abstand der Körpermolecüle ein verhältnissmässig sehr grosser ist." Und nach einer Reihe von Beispielen: „Wie wäre das Alles möglich, wenn nicht zwischen den Molecülen der festen Körper verhältnissmässig grosse Zwischenräume vorhanden wären, durch welche den Gasmolecülen der Eingang und Durchgang offen steht. Wenn das nun aber schon für Gasmolecüle, also für verhältnissmässig grosse und complicirte Conglomerate möglich ist, so dürfen wir gewiss mit vollem Rechte annehmen, dass die Atome des Aethers mit noch viel grösserer Leichtigkeit durch die Körper hindurch freie Wege finden können."[2]) Isenkrahe hat daher vollständig Recht, wenn er sagt, „dass die corpuscula bei Le Sage-Thomson eine Texteinkleidung jener Gleichung bilden," nur war das Kleid schon über hundert Jahre

---

[1]) Oder vielmehr $\lim \frac{fr}{r} = 0$

[2]) l. c. p. 185.

— 29 —

fertig, als die Gleichung demselben angepasst wurde. Zu der dritten Annäherung veranlasst ihn die Erwägung, „dass nach der bisher entwickelten Theorie unter keinen Umständen es ausbleiben könne, dass eine sehr tief unter der Oberfläche eines Körpers gelegene Molecularschicht eine geringere attractive Kraft ausüben müsste, als die höher gelegenen, dass also grosse compacte Massen leichter sein würden, als wenn man sie zerstückelte und die kleinen Theile einzeln wöge. Wir haben aber noch nicht den mindesten experimentellen Anhaltspunkt für eine solche Annahme[1] . . . Dasselbe sagt Le Sage: „Les parties d'un corps terrestre ne pèsent pas sensiblement davantage quand elles sont éparses, et par conséquent toutes immédiatement exposées au fluide qui les pousse vers la terre, que quand leur réunion fait que les supérieures dérobent aux inférieures une partie du fluide qui aurait frappé celles-ci.[2] Nun ist es aber Isenkrahe gelungen, eine diese Differenz zwischen Theorie und Experiment etwas ausgleichende dritte Annäherung zu finden. „Der zweiten Schicht ist durch das Vorhandensein der ersten ein gewisser Theil des freien Raumes abgesperrt, daher konnten aus diesem Theile keine directen Atomstösse anlangen. Statt dessen kommen aus demselben Theile des Raumes aber solche Aetheratome an, die von den Molecülen der ersten Schicht reflectirt[3] worden sind . . . . Die attractive Wirkung der zweiten Schicht gründet sich aber nicht allein auf die Zahl der aufprallenden Atome, sondern auch auf den Geschwindigkeitsverlust derselben, letzterer ist aber bei beiden Schichten nicht der nämliche" . . . . . Von diesem Geschwindigkeitsverluste „haben wir früher ausführlich bewiesen, dass er eine Function der Masse derjenigen Molecüle ist, gegen welche die Aetheratome anstossen, und dass diese Function nur zwischen den Grenzen Null und ⅓ variiren kann, so zwar, dass dieser letzte Werth erst erreicht wird, wenn die erwähnte Masse des betreffenden Molecüls eine unendlich grosse ist."[4] Dass Le Sage diesen Umstand in seiner Angabe von der mittleren Geschwindigkeit der auf den Körper wirkenden Atome wohl berücksichtigt hat, geht aus der oben auf Seite 26 angeführten Stelle zur Genüge

[1] l. c. p. 188.
[2] l. c. p. 73.
[3] Isenkrahe bemerkt bei diesem Worte: „Vielleicht würde hier der Ausdruck abgleiten geeigneter sein, eine richtige Vorstellung von der Sache zu geben." Le Sage gebraucht stets den Ausdruck „s'échapper." Auch den Ausdruck „verschlechtern," wie nach Isenkrahe „Le Sage es nennen soll." (p. 182.) habe ich bei diesem nicht gefunden.
[4] l. c. p. 192.

hervor. Von jedem Molecül gleiten die auftreffenden Atome nach allen Richtungen hin ab. Sie erleiden dabei einen Geschwindigkeitsverlust, welcher bei dem im Verhältniss zum Atom unendlich grossen Massenmolecül $\frac{1}{3}$ der ursprünglichen Geschwindigkeit beträgt. — Ueber die vierte Annäherung, die „überschüssigen Reflexionen", d. h. die Atome können nach dem auch von Le Sage aufgestellten Grundsatze, dass sie nach allen Richtungen hin abgleiten, noch weitere Reflexionen erleiden, habe ich bei Le Sage keine Andeutung gefunden.

Im Schlusscapitel: „Gravitationswirkungen bewegter Massen" wird die Möglichkeit von der Existenz eines einzigen Fluidums und die Zurückführung sämmtlicher physikalischen Bewegungserscheinungen auf dasselbe discutiert. Deshalb ist Isenkrahe auch der Ueberzeugung, dass die Gravitation, gleich dem Lichte, zu ihrer Wirkung eine gewisse Zeit gebrauche. In der Annahme der Identität des Fluidums ist Le Sage Isenkrahe bereits mit einer bestimmten Erklärung voraus. Licht, Electricität und Magnetismus sind ihm ebenfalls durch ein Fluidum hervorgebrachte Wirkungen, aber -- und darin weicht er von Isenkrahe und den angeführten Physikern ab -- durch ein untergeordneteres Fluidum, welches seine Bewegung erst durch die Atome, die corpuscules ultramondains, dem einzigen motorischen Elemente im Weltall, erhält. Und was die Frage betrifft, wie viel Zeit die Gravitation gebrauche, so ist dieselbe schon von Le Sage durch mannigfache Berechnungen zu beantworten versucht worden. „Ob Zöllner den hier ausgesprochenen Gedanken die Gravitation zu messen) später praktisch verwerthet hat, ist mir nicht bekannt; ebenso wenig hat meines Wissens ein Anderer sich mit dieser Angelegenheit befasst. Ich glaube aber, wenn das geschehen wäre, gleichgültig ob mit positivem oder negativem Erfolg, so würde die experimentelle Entscheidung der Frage, ob und eventuell wie viel Zeit die Gravitation gebraucht, um von der Sonne aus auf der Erde eine Wirkung auszuüben, jedenfalls ein grosses und wohlverdientes Aufsehen erregt haben." [1] Dieser Andere war allerdings schon da, und zwar unser Le Sage selbst. So hat er z. B. mit Hülfe des Pendels berechnet, dass die Geschwindigkeit der die Schwere hervorbringenden Atome grösser ist, als die der Mondbewegung. [2] Ueberhaupt ist der

[1] l. c. p. 211.

[2] Der Wichtigkeit wegen, welche Isenkrahe diesem Gegenstande beilegt, führe ich diese Berechnung dem Wortlaute nach an: „Quand deux pendules, quadruples l'un de l'autre, décrivent des arcs semblables; non-seulement leurs vitesses absolues, dans des situations semblables, sont doubles l'une de l'autre, mais cela est vrai aussi de la portion verticale de ces vitesses. Donc en descendant

Erfolg ein negativer, da er bei Vergleichungen mit bekannten Geschwindigkeiten zu dem Schlusse kommt, „que la vitesse des corpuscules est bien plus grande et surpasse même beaucoup celle de la lumière."[1] „Si la gravitation de la terre vers le soleil, est due au choc d'un fluide mû en tout sens également, à cela près qu'il est intercepté en partie par les solides, il faut et il suffit, que ce fluide se meuve cent mille fois plus vite que la lumière.[2] Demnach bliebe es bei der für diesen Fall von Isenkrahe gegebenen Erklärung: „Die Geschwindigkeit der Aetheratome ist so gross, dass der Radius der Erdbahn eine verschwindend kleine Strecke dagegen ist."[3] Ob sein Wunsch, „dass sich einmal ein Olaf Roemer finden werde, der der Gravitation die Meilenzahl pro Secunde ausrechnet" in Erfüllung gehen kann, wird der Zukunft überlassen bleiben. Der heutige Stand der Wissenschaft hat noch kein Argument der Theorie Le Sages entgegenzustellen. Ich könnte noch eine Anzahl Uebereinstimmungen in den Theorien Le Sages und Isenkrahes anführen,[4] glaube aber,

ils éludent des portions de la vitesse du fluide gravifique qui sont en même rapport. Et en montant ils accroissent cette vitesse de quantités qui sont aussi dans le même rapport. Donc un pendule à simples secondes reçoit des impulsions de la part de ce fluide plus faibles que celle que reçoit le pendule à demisecondes. Et cette différence est proportionnelle à la différence des vitesses verticales des deux pendules. Maintenant, puisque l'une des vitesses verticales est double de l'autre, leur différence est égale à la moindre de ces vitesses, c'est-à-dire à la vitesse verticale du pendule qui bat les demi-secondes. On peut estimer cette vitesse les 13 : 10800 mes de celle d'un corps qui tombe librement depuis une seconde (un peu plus de 5 toises par seconde) Celle-ci est la 1 : 101 me partie de celle de la lune dans son orbite (522 toises par seconde.) Ainsi la différence des vitesses verticales est à peu près la 1 : 86 100 me partie de la vitesse de la lune. Si donc la vitesse du fluide gravifique était égale à celle de ce satellite, et que le grand pendule fût exactement quadruple du petit, le grand oscillerait plus lentement de 1 : 86400 me partie que ne le donne le résultat de sa comparaison théorique avec le petit : c'est-à-dire que pendant que le petit ferait 172 800 oscillations, le grand n'en ferait pas 86 400, mais seulement 86 399. Or, on n'a point aperçu d'écart d'une oscillation sur 24 heures, quand on a comparé des pendules même plus inégaux que ceux-là. Donc le fluide qui produit la pesanteur se meut plus vite que la lune." (Deux traités etc. p. 20 f.)

[1] l. c. p. 21. — [2] l. c. p. 35. — [3] l. c. p. 212.

[4] So u. A. die synthetische Folgerung, dass die Geschwindigkeitsänderungen durch gleiche Ursachen hervorgebracht werden, mit Hülfe des Satzes: Gleichen Ursachen sind gleiche Wirkungen beizulegen (p. 140), welcher bei Le Sage eine analytische Folgerung mit Hülfe desselben Satzes: Les effets semblables proviennent de causes semblables (p. 65) entspricht. — Die Definition des Aetherdrucks (p. 159). — Die Anwendung des Satzes: „Wenn zwei Körper A und B

dass diese Angaben genügen werden, um zu beweisen, dass die Grund-
begriffe beider dieselben sind und in der Theorie selbst Isenkrahe
etwas Neues nicht gegeben hat. Er hat die Folgerungen um einige
vermehrt und sie in die Sprache der Analysis übersetzt. Wessen Resultate aber an Einfachheit den Postulaten der Theorie gleichkommen,
ist eine Frage, über deren Entscheidung wohl kein Zweifel mehr obwalten
kann. Eine Kritik über den Werth der Isenkrahe'schen Abhandlung
gehört nicht in den Bereich dieser Arbeit. Zur Bestätigung meiner
Behauptung kann ich wohl nichts besseres mehr hinzufügen, als die
kurze Recapitulation der Isenkrahe'schen Theorie, welche verbotenus
als die der Le Sage'schen gelten könnte. Sie lautet: „So lange,
bis das geschehen, (der Beweis von der Zeitdauer der Gravitation)
wird unsere Theorie allerdings nur als Hypothese auftreten und mit
anderen ihresgleichen den Kampf ums Dasein führen müssen. Was
ihr in diesem Kampfe am wirkungsvollsten zur Seite steht, was ihr
zur besten und nachdrücklichsten Empfehlung dient, ist meiner
Meinung nach die Einfachheit ihrer Postulate. Die Existenz
des Aethers ist heutzutage keine Hypothese mehr. Wir haben sie
also als Thatsache angenommen und die Bestandtheile desselben nur
mit den allgemeinsten Eigenschaften der Materie ausgerüstet, mit
Undurchdringlichkeit und Beharrlichkeit. Keine Anziehungskraft, die
sich in ihrer Intensität nach gewissen Entfernungen richtet, keine
Elasticität, die aus sich selbst heraus alle Deformationen zu repariren
das unerschöpfliche Vermögen besitzt, und deren Energie mit der
Grösse dieser Deformationen wächst, auch keine psychischen Qualitäten,
keine „Lust- und Unlustgefühle der Atome" haben wir unter unsere
Voraussetzung aufgenommen. Alles, was wir an Kraft gebrauchen,
ist nicht „qualitas occulta" sondern „vis a tergo", es ist nur die einfache Folge eines Conflictes der Beharrlichkeit mit der Undurchdringlichkeit. Kraftinhaber ist ein Körper nur, insofern er eine Bewegung hat, und mittheilen lässt sich diese Kraft nur von Atom zu
Atom, von Molecül zu Molecül durch einfachen Stoss." —

Auf die erwähnte Schrift Thomsons gründen sich die beiden
oben genannten Abhandlungen von Tolver-Preston.[1] Derselbe

sich auf derselben geraden Linie mit den Geschwindigkeiten C_1 und C_2 bewegen,
so ist im Falle eins Zusammenstosses der Stosseffect $C_1 - C_2$ oder $C_1 - C_2^2$ bei
demselben Beweis und mit übereinstimmendem Resultate ‚p. 163 f und p. 89 f. —
Ueber die Frage der unbedingten Gültigkeit des Newtonschen Gesetzes ‚p. 196
und p. 12) u. s. w.
[1] Tolver-Preston, On some dynamical conditions applicable to Le Sage's
theory of gravitation im Philosophical Magazin. v. IV. 1877

versucht, die drei Postulate Le Sages: Die Atome bewegen sich nach allen Richtungen des Raumes, die Atomenströme sind überall gleich dicht und ihre mittlere Geschwindigkeit ist dieselbe, zu Grunde legend, nachzuweisen, dass diese Bedingungen des Systems der corpuscules ultramondains, welche Le Sage, der beschränkten Kenntniss seiner Zeit entsprechend, willkürlich angenommen habe, nothwendige Consequenzen dynamischer Principien in Verbindung mit der kinetischen Gastheorie seien, dass also die Principien der modernen kinetischen Gastheorie schon früher von Le Sage unbewusst aufgestellt worden seien. In beiden Abhandlungen wird der Werth der Theorie Le Sages stark betont. „The only theory worthy of serious consideration, or which has stood any test at all, is the theory put forward by Le Sage of Geneva." [1]

Bevor ich mich zu dem zweiten Theile des Systems der mechanischen Physik wende, will ich nur kurz die in enger Beziehung zu dem System der corpuscules ultramondains stehenden, „Astronomie" betitelten Handschriften erwähnen.[2] Sie enthalten ausser meteorologischen Beobachtungen eine grosse Anzahl astronomischer Probleme, die mehr oder weniger sein System berühren und als Beweise für dasselbe dienen sollen. Vor Allem hat er sich zwei Untersuchungen gewidmet: die eine betrifft die dynamische Frage über den Ring des Saturn, um die Erscheinung des frei schwebenden constant vom Saturn entfernten Ringes zu erklären, die andere den Einfluss, den der Aether im Weltraume auf die Gravitation der Planeten ausüben könne. Die Untersuchung über den Saturn ist eine rein theoretische und analytische, ähnlich der von La Place.[3] Le Sage sandte sie im Februar 1777 (also fast zehn Jahre früher als La Place) mit einer die Geschichte der Saturnbeobachtungen enthaltenden Einleitung an einen Herrn de Végobre, dem er es überliess, sie, unter welcher Form und Namen er wolle, zu publicieren. Es ist dies nur mit einem Theil, und zwar anonym geschehen. Wo und wann habe ich nicht ermitteln können. Die zweite Untersuchung ist ebenfalls eine analytische. Sie behandelt die Frage, ob die Gravitation der Planeten gegen die Sonne und die des Mondes gegen die Erde durch den Aether resp. durch die Erdatmosphäre Störungen erleide, und zwar nicht nur wegen des Widerstandes, welchen dieser dem Laufe der Planeten entgegensetzen könne, sondern auch durch seine eigene Gravitationskraft. Die Gravitation

---

[1] ibid. p. 361
[2] boîte 28.
[3] Vergl. Maedler, Populare Astronomie. Berlin 1879. p. 273 ff.

5

der Erde gegen die Sonne und gegen den Aether ist proportional den Massen beider, indem von dem Aether nur der in Betracht kommt, welcher innerhalb des um die Erdbahn gelegten Sphäroides sich befindet. So können merkbare oder unmerkbare Abweichungen vom Keppler'schen Gesetze entstehen, je nachdem man die Dichtigkeit des Aethers im Verhältniss zu der der Sonne annimmt. Die Attraktion, welche die Erdatmosphäre auf den Mond ausübt, ist nicht fähig, die Schwere desselben merkbar zu vergrössern im Vergleich mit den Erdkörpern, deren Schwere durch die Atmosphäre nicht beeinflusst ist.

Der zweite Theil des Systems der mechanischen Physik Le Sages umfasst die Theorie der Cohäsion. Noch heute enthält die Theorie der Cohäsion ungelöste Probleme. Sowohl über deren Ursache, als auch über deren Gesetze, die in neuerer Zeit aufgestellt worden sind, gehen die Ansichten auseinander. [1] Ich kann daher diese Erklärungsversuche unberücksichtigt lassen und mich auf die Anführung der vor Le Sage gegebenen beschränken. — Die ersten erwähnenswerthen Untersuchungen über die Cohäsion, die Francis Baco und Galilei anstellten, sind nicht von Belang. Beide suchten die Erklärung derselben in dem horror vacui der Peripatetiker. Einige Beweise Galileis stützen sich darauf, dass die Trennungsflächen einer Masse Ebenen bilden. Mit dieser Voraussetzung jedoch sind auch die auf ihr begründeten Beweise hinfällig. [2] Gleich mangelhaft ist die willkürliche Erklärung der Cohäsion durch ihren Zeitgenossen Fabri, der hakenförmige Körpertheilchen annimmt, welche wie die Zähne von Rädern ineinander greifen sollen. [3] Erst an die leuchtenden Namen von Newton, Huygens und Jacob Bernoulli knüpfen sich hellere Ideen auf diesem Gebiete. Newton erkannte, dass seinem Gesetze der Gravitation, dem der Makrokosmos gehorche, die Cohäsion nicht unterworfen sei, sondern dass sie nach einem höheren Verhältnisse, als dem des Quadrates der Entfernung abnehmen müsse. Er nimmt an, dass die Cohäsion zwischen den Atomen am grössten ist; dass die durch sie gebildeten grösseren Theilchen einen schwächeren Zusammenhang zeigen; dass die dadurch wieder entstandenen noch grösseren Theile

[1] Vergl. darüber: Karsten, Von den Eigenschaften der Materie etc. in der Encyklopädie der Physik, t. I, p. 846 ff.
[2] Fischer, Geschichte der Physik, t. I, p. 54 ff.
[3] Poggendorff, Geschichte der Physik, Leipzig, 1879, p. 374.

noch schwächer cohärieren, und so fort, bis diese Reihe aufhört.[1] Huygens und Jacob Bernoulli schreiben den Ursprung der Cohäsion dem Drucke der Luft oder eines ätherischen Mediums zu.[2] Gegen diese Erklärung wenden sich Hamberger und Muschenbroeck. Hamberger war der erste, der tiefer in die Theorie der Cohäsion eindrang und praktische Resultate erzielte. In den „Elementa physices" Jena 1727) stellt er eine Anzahl theils a priori, theils experimentell gefundener Gesetze der Cohäsion auf, namentlich abhängig von den Aggregatzuständen und verschiedenen specifischen Gewichten. Bei ihm ist die Molekularanziehung eine den Körpertheilchen vom Anfang an zugehörige Kraft. Auch Muschenbroeck ist der Ansicht, dass die Ursache der Cohäsion nicht von dem Drucke des Aethers, sondern von einer inneren Kraft der kleinsten Theile der Materie, entsprechend der Dichtigkeit derselben, abhänge.[3]

Dies war der Stand der Frage, als Le Sage begann, sich mit ihr zu beschäftigen. Er leitet seine Untersuchungen ein mit der Definition des Begriffes der Cohäsion, markiert sodann den Begriffsunterschied von Cohäsion und Adhäsion und hebt, gleichsam zur Rechtfertigung seines Unternehmens, den grossen Nutzen der Kenntniss der Cohäsion und die bedeutende Rolle, welche dieselbe in der Natur, besonders bei den organischen Wesen, spielt, hervor. Ihr Charakter ist ein ebenso universeller, wie der der Gravitation. Von ihr abhängig sind die Erscheinungen der Reibung, fast sämmtliche chemische Prozesse. Sie sind alle gegründet auf wechselseitige Vereinigung, auf verschiedene Kräfte, welche sie vollziehen. Es gibt daher für die theoretische Chemie nichts Fundamentaleres, als die Gesetze der Cohäsion zu ergründen. Auf diesem Untersuchungsgebiete können Physik und Chemie sich vereinen, wie die Geometrie und Chemie auf dem der Krystallisation. Le Sage unterscheidet drei Arten von Cohäsion: Die parallele, die direkte oder perpendikuläre und die ungleiche, je nach der Richtung der trennenden Ursache, welcher sie Widerstand leistet. Die parallele Cohäsion[4] findet statt, wenn zwei Körper oder zwei Theile desselben Körpers einer Trennung Widerstand leisten, die in einer Berührungsfläche parallel der trennenden Kraft zu wirken strebt. Sie ist also der Widerstand gegen ein Glitschen (glissement). So widersteht z. B. ein Faden viel länger als die Hanffasern, aus denen er zusammengesetzt

[1] Fischer, Geschichte der Physik. t. II. p 287 f.
[2] Karsten, Von den Eigenschaften der Materie, in der Encyklopädie der Physik. t. I. p. 849.
[3] Fischer, Geschichte der Physik t. IV. p 11
[4] boite 8.

ist, dem Ausdehnen, das Papier dem Zerreissen, obschon es nicht ge-
leimt ist und die Fasern, aus denen es besteht, nicht verflochten sind.
Die parallele Cohäsion zerfällt wieder in zwei Unterarten, in
diejenige, bei der jede Berührung vertreten wird durch eine Berührung
derselben Substanz und derselben Ausdehnung und in die, bei der
die neue Berührung sich von der vorhergehenden in Substanz oder
Ausdehnung unterscheidet. Man könnte die erste symmetrische oder
gleichwerthige, die zweite asymmetrische oder ungleichwerthige nennen.
Reibt man auf dem Porphyr irgend eine mit Oel gemischte Farbe
und nimmt man die Berührungsfläche der Molette so klein als möglich, Porphyr und Mollette frei von jeder Unebenheit, so wird die
symmetrische Cohäsion äusserst gering sein. Von der ganzen Intensität
des angewandten Druckes kann man auf die Intensität des Widerstandes gegen eine symmetrische Cohäsion schliessen. Wenn man
die Stärke des bekannten Druckes, nämlich den der Atmosphäre, das
Gewicht der Hand und der Molette, abzieht, so kann man ein Mass
der Cohäsion erhalten, vorläufig ganz abgesehen davon, ob man sie
auf die Einwirkung eines feinen Mediums oder auf eine metaphysische
Attraction zurückführt.

Was letztere Frage nach der Ursache der Cohäsion betrifft, so versucht Le Sage vor Allem zu beweisen, dass die Cohäsionskraft unabhängig ist von der allgemeinen Gravitation.[1] Wie wir sahen, hatte
Newton bereits selbst solche Versuche abgewiesen. Aber bald nach ihm
ruhten die Geister nicht; das Newton'sche Gravitationsgesetz sollte ein
Fundamentalgesetz sein, das sämmtliche Attractionserscheinungen, also
auch die Cohäsion, umfasse. Noch in neuster Zeit wird diese Behauptung
aufrecht erhalten. W. Thomson plädirt für die Indentification der
Newton'schen Gravitation und der Cohäsionskraft.[2] So sagt Kirchner: „Die chemische Verwandtschaft, Adhäsion und Cohäsion der
Körpertheilchen sind Aeusserungen derselben Kraft, der Schwere, welche
man gewöhnlich den Körpern beilegt.[3] Auch Fechner scheint dies
anzunehmen, wenn er sagt: Die Gravitationskraft geht gar in Cohäsionskraft über, wenn sie die materiellen Theile aus merklichen Entfernungen
in unmerkliche gebracht hat.[4] Nach Le Sage lassen sich aber
die meisten Fälle der Cohäsion, die vor unseren Augen Staat finden
und die zu verfolgen unsere Beobachtungsfähigkeit ausreicht, selbst

[1] boite 7. Cohésion B.
[2] W. Thomson, Note on gravity and cohesion. Edinb. Journ. t XVI.
[3] Kirchner, Die Hauptpunkte der Metaphysik. Cöthen 1880 p 67
[4] Fechner, Physikalische und philosophische Atomenlehre. p 122

dann nicht, wenn man sich die Massentheilchen willkürlich gestaltet und geordnet vorstellen wollte, mit der allgemeinen Gravitation identificieren. Le Sage stützt sich, um dies zu beweisen, zunächst auf Resultate von Huygens und Newton. Huygens[1] hat gefunden, dass ein horizontal zur Erdoberfläche geworfener Körper eine 17 Mal grössere Geschwindigkeit, als die der Rotation der Erde, besitzen müsse, damit seine Centrifugalkraft der Schwerkraft das Gleichgewicht halte. Newton ferner hat bewiesen, dass, wenn die Masse eines Central-körpers, d. h. dessen Anziehungskraft, in seinem Mittelpunkt vereinigt wäre, die Fallzeit zur Umdrehung sich verhalte, wie ein Viertel der Seite eines Quadrates zu dessen Diagonale, also fast wie $17_4 : 24$. Aus der Combination beider Resultate folgt, dass, wenn man sich die Masse der Erde in ihrem Mittelpunkt vereinigt denkt, ein Körper, welcher von der Oberfläche bis zu diesem fällt, eine Fallzeit nöthig hat, die gleich ist $1_4 \diagdown 17_{24} \diagdown 24_{17}$ Stunde, also eine Viertelstunde. Ferner hat Newton gezeigt, dass die Fallzeiten gegen ungleiche Körper gleich seien, wenn sie nur da ihren Anfang nähmen, wo die Ober-flächen dieser Körper sich befinden würden, wenn sie von gleicher Dichtigkeit wären. Angenommen nun, die Theilchen eines anziehenden Körpers beständen ursprünglich aus gleichen aneinandergrenzenden Kugeln von derselben Dichtigkeit, wie die Erde, und jedes dieser Theilchen sei sehr stark zusammengepresst worden, ohne dass es seine Lage geändert habe oder ändern könne, so würde ein fremdes Theilchen zwischen zwei der ersten Art, z. B. an der Stelle, wo sie sich ehemals berührten, wenn es nur von einem derselben angezogen würde, bis zur Vereinigung mit diesem eine Viertelstunde gebrauchen. Da die letzteren Hypothesen nun die gewöhnlichsten Fälle der Cohäsion repräsentieren, so müsste der Act derselben, wenn sie der elementaren Gravitation unterworfen wäre, eine Viertelstunde währen. Er dauert aber nur einen Moment, folglich ist die Cohäsion durch die gegenseitige Gravi-tation der Theile nicht zu erklären.

Hierin stimmte Le Sage, wie gesagt, mit Newton überein. Da-gegen widerspricht er der Hypothese desselben, dass die kleineren Theilchen der Materie stärker cohärieren, als die grösseren. Allerdings wird durch die äusserste Kleinheit der Theilchen die Zahl der Berührungs-punkte vermehrt. Aber man darf sich hierdurch nicht täuschen lassen. Wenn jeder Berührungspunkt zweier Theilchen äusserst klein ist, so ist er auch nicht fähig, dieselbe Cohäsion zu bewirken, wie eine Berührung zweier grösseren Theilchen, wovon man sich leicht überzeugen kann.

---

[1] Huygens, Discours de la cause de la pesanteur 1690. p. 116.

wenn man alle diese Theilchen kugelförmig annimmt. Ferner hindert nichts, die Theilchen eines bestimmten Körpers noch einmal in kleinere Theilchen zerlegt zu betrachten, wie sie gerade irgend einen anderen Körper bilden, dessen grössere Cohäsion angenommener Weise in der Kleinheit dieser Theilchen allein bestehen soll. Der erstere müsste dann ebenso hart werden, als dieser. Es ist aber absurd, anzunehmen, dass der Anfang einer Trennung eine weitere Trennung schwieriger machen sollte. Eine Reihe von Berechnungen [1] führen zu demselben Resultate, dass die Cohäsionskraft stärker ist, wenn die Theilchen eines Körpers gross und ihre Anzahl gering, als wenn dies umgekehrt der Fall ist.

Ebenfalls im Gegensatz zu Newton sucht Le Sage die Cohäsion durch die Gestalt und Dichtigkeit der Theilchen zu erklären.[2] Er hält es für wahrscheinlich, dass man ihre Entstehung auf eine besondere Structur der Materie und auf eine bewegliche Gliederung äusserst dichter Theile zurückführen kann, wenn man annimmt, dass eine erste Ursache diese Theile in gewissen Beziehungen zu einander gruppirt habe, ohne dass in der Folge etwas diese Disposition verändert hätte. Die Elemente der Körper betrachtet er daher als Atomenpaare, die unter einander durch eine Art steifer Fäden verbunden sind. Die Körper im Allgemeinen haben zwei Bedingungen zu erfüllen. Sie müssen äusserst durchdringbar und so beschaffen sein, dass der Stoss, den sie von feinen Körperchen erleiden, genau proportional ist deren Masse. Ein einzelnes Atom ist nicht fähig, die erste von diesen Bedingungen, zwei Atome, getrennt betrachtet, sind nicht fähig, die zweite von ihnen zu erfüllen. Aber eine Zusammensetzung mehrerer Atome könnte geeignet sein, beiden Bedingungen zu genügen. Da aber verschiedene natürliche Ursachen sehr oft diese Zusammensetzung gestört haben müssten, so dass man keine Wirkung mehr wahrnehmen könne, darf man annehmen, dass in den einzelnen Atomen selbst die Ursache dieser Durchdringbarkeit und dieser Proportionalität des Stosses zur Quantität der gestossenen Materie zu suchen ist. Um den Körpern die grösste Durchdringbarkeit zu geben, sind die Atome zu physikalischen Linien oder Fäden vereint zu betrachten. Der Einfachheit wegen und um nicht genöthigt zu sein, in der Zusammensetzung die Compensation gewisser ungleicher Stösse zu suchen, nimmt Le Sage an, dass diese Fäden gerade und cylindrisch sind. Ferner, dass diese geraden Cylinder vollständig massiv sind und gleiche Durchmesser

[1] boite 10.
[2] boite 9. Cohésion E.

haben. Bei einem oder mehreren Atomen könnte man in der mehr oder weniger grossen Concavität, welche man dem Cylinder beilegt und in der Ungleichheit, welche man bei ihren Durchmessern einführt, Compensationsmittel finden. Man könnte selbst genau die eine dieser Ungleichheiten durch die andere compensieren, indem man zwei hohle Cylinder mit einander oder einen hohlen mit einem massiven vergleicht. Der erste Fall liesse sich auf den zweiten zurückführen. Nimmt man an, dass der von zwei gleich langen Cylindern ausgeübte Druck proportional ist ihren Durchmessern, so ist dieser Druck proportional den Massen, wenn diese sich unter einander verhalten, wie die Durchmesser, das heisst, wenn der Kreis, welcher dem massiven Cylinder zur Basis dient, sich zum Kreisringe, welcher die Basis des hohlen bildet, verhält, wie der Durchmesser des ersteren zu dem grösseren Durchmesser des letzteren. Der Durchmesser des massiven Cylinders sei a, der innere des hohlen p, der äussere desselben g, so gilt

$$a^2 : (g^2 - p^2) = a : g$$

und daraus

$$g = \frac{a}{2} + \sqrt{p^2 + \frac{a^2}{4}}$$

z. B. können sich die Durchmesser unter einander verhalten, wie die Zahlen 3, 2 und 1, so dass sich die Massen der Cylinder verhalten, wie 9 : 12 oder wie 3 : 4. Eine Compensation könnte demnach stattfinden. Die geraden massiven Cylinder könnten nun bei gleichen Durchmessern ohne Schwierigkeit von verschiedener Länge gedacht werden. Aber der Regelmässigkeit in der Natur nach zu urtheilen, kann man sie gleich annehmen. Aus demselben Grunde sollen auch die physikalischen Linien oder Fäden symmetrisch geordnet sein. Eine solche geeignete symmetrische Anordnung zu finden, hat Le Sage lange beschäftigt. Anfangs hielt er die für die beste und wahrscheinlichste, bei der die Fäden wie die Kanten der fünf regelmässigen Körper oder gewisser halbregelmässigen verbunden seien. In letzter Zeit zog er jedoch die Structur vor, bei der die gleichen Fäden untereinander wie Gerade geordnet sind, welche die Centren gleicher zusammenhängender Kugeln verbinden, die so aufgehäuft und gruppiert sind, dass sie den möglichst geringsten Raum einnehmen. [1]

---

[1] Bei dieser Gelegenheit will ich einer Correction des 21. Satzes im 11. Buche der Elemente des Euklid durch Le Sage Erwähnung thun, die mir in nahem Zusammenhang mit diesen Untersuchungen zu stehen scheint. Der genannte Satz lautet: Jeder körperliche Winkel wird von ebenen Winkeln, welche zusammen kleiner als vier rechte sind, eingeschlossen. Le Sage zeigte zuerst, dass der Satz nur mit der Beschränkung auf convexe körperliche Winkel absolute Gültigkeit habe. Die Akademie sah sich mit besonderer Betonung der

10

Auf diese so construirte Materie wirken nun, um die Cohäsion hervorzubringen, isolierte Körperchen, welche die den Berührungs- flächen entgegengesetzten Seiten der Theile häufiger und heftiger treffen, als die, mit denen die zusammenhängenden Massen sich be- rühren. Zu diesem Zwecke sind vier Arten isolierter Körperchen an- zunehmen: 1) Die bereits erwähnten Atome, die corpuscules ultra- mondains. 2) Homogene und convexe Körperchen, grösser als die corpuscules ultramondains, aber doch noch so klein, dass die Anzahl der corpuscules ultramondains, welche zwei entgegengesetzte Seiten eines von ihnen treffen, hinreichend ungleich ist, um diesen grösseren Körperchen eine rapide Bewegung zu geben, bevor eine entgegen- gesetzte Ungleichheit die erstere compensiert hat. Dadurch entsteht ein unregelmässiges und fortwährendes Kommen und Gehen, eine längere oder kürzere Oscillation; diese Körperchen heissen Aether. Die Dichtigkeit desselben ist eine äusserst geringe. 3) Grössere Körperchen, als der Aether, von denen jedes auf zwei entgegenge- setzten Seiten in Folge der verschiedenartigen Form derselben ungleich stark getroffen wird. Diese heissen feine Luft (l'air subtil). 4 Be- deutend grössere Körperchen, als alle übrigen, so dass sie die meisten der bekannten grossen Körper nicht durchdringen können. Auch sie werden ungleich stark getroffen. Sie bilden die gewöhnliche Luft l'air commun). Der Einfluss derselben ist ungleich geringer als der der freien Luft. Hauptsächlich ist es diese, welche die Cohäsion bewirkt. Das Theilchen der feinen Luft[1] besteht aus einem massiven geraden Cylinder (s. Figur p. 42), auf dessen einer Grundfläche sich eine vom Rande ausgehende geringe Vertiefung befindet, so dass auf derselben eine Art Kranz liegt, welcher durch die Rotation des Dreiecks AEG um die Achse IK des Cylinders erzeugt worden ist. Das Dreieck AFG ist ein rechtwinkliges, dessen Hypotenuse eine Curve bildet. Bei der äussersten Kleinheit des Körperchens ist der durch Rotation von FI um IK entstandene Kreis fast dem durch Rotation von BK gleich

auffallenden Erscheinung, dass diese Entdeckung nicht schon vor Le Sage ge- macht worden sei, bewogen, sie zu veröffentlichen. (Vgl. Histoire de l'Academie royale des sciences 1756, 1. Theil p. 77 ff.) Sie ist namentlich deshalb be- merkenswerth, weil ich glaube, dass ein Theil der Ehre, welche Poinsot wegen Entdeckung der sternförmigen regulären Körper (1809, zugeschrieben wird, (vergl. Heis und Eschweiler, Lehrbuch der Geometrie. II. p. 168) für Le Sage beansprucht werden kann. Denn Poinsot's sternförmige Körper sind Con- sequenzen der regulären Sternecken.
[1]) Boite 6, 2d. section. Ein Theil davon ist von Prevost in den „Deux traités de physique mécanique" aufgenommen worden. Vergl. daselbst cap. III. p. 129.

zu setzen, so dass beide von fast gleich vielen unelastischen corpus-
cules ultramondains getroffen werden. Aber die, welche die ebene
Grundfläche des Cylinders treffen, gleiten von derselben ab und wirken
nicht weiter auf ihn. Dagegen rollen die von der entgegengesetzten
Seite auf der Curve FG bis zu dem durch Rotation von G gebildeten
Rand vor und üben auf diesen einen continuierlichen Druck aus. Die
Stärke desselben nach der Richtung von IK berechnet Le Sage als
den $^{28}/_{33}$ Theil des Druckes, der auf die ebene Grundfläche wirkt.
Beschreibt man nämlich um den Cylinder ein rechtwinkliges Parallele-
pipedon, welches auf einer Seite ebenfalls eine der Grösse des Kreises
der Cylinderbasis entsprechende Concavität besitzt, so bewegen sich
die Atome mit der mittleren Geschwindigkeit von $^2/_3$ der ursprünglichen [1]) nach dem Aufstossen auf der concaven Oberfläche nach allen
Richtungen hin und bilden aufeinanderfolgende, gleichsam durch und
über die Concavität gespannte Saiten. Ihre Kraft wird beim Aufstossen in eine tangentiale und senkrechte Componente zerlegt, von
denen nur die letztere in Betracht kommt, und zwar wirkt diese in
Folge der Concavität nach der Richtung der Achse IK. Demnach
nimmt die wirkende Kraft ab im Verhältniss des arcsin ... zum arcsin
des von der resp. Saite abgeschnittenen Bogens der Concavität oder
im Verhältniss des Durchmessers der Cylinderbasis zu der über dieselbe gezogenen resp. Saite. Da die Zahl der sich nach einer bestimmten Richtung einer Saite bewegenden Atome proportional ist
der Länge dieser Saite, ihre Wirkung also abnimmt im Verhältniss
des Durchmessers zur resp. Saite, so ergiebt sich aus beiden Resultaten eine Abnahme der wirkenden Kraft im Verhältniss des Quadrates
vom Durchmesser zum Quadrate der resp. Saite oder ein Verhältniss
zweier Scheiben von der Dicke der Atome, von denen die eine den
constanten Durchmesser des Kreises, die andere die resp. Saite zu
Durchmessern haben. Die Summe der Wirkungen sämmtlicher Atome
nimmt also ab im Verhältniss der Summe aller Scheiben mit dem
constanten Durchmesser des Kreises zur Summe aller Scheiben mit
den Saiten als variable Durchmesser. Dies ist aber das Archimedische
Verhältniss des Cylinders zur eingeschriebenen Kugel, nämlich 3:2.
Da nun die Wirkung sämmtlicher auf die Oberfläche des Cylinders
auftreffenden Atome sich zu der Wirkung der auf die Oberfläche des
Parallelepipedons auftreffenden verhält, wie 8 r : 2 r ... oder wie 4 : ...
so ergibt sich das Resultat: Die Wirkungen der Atome auf die concave Basis des Cylinders nach der Richtung der Achse verhält sich

[1]) Vergl. oben p. m. 12.

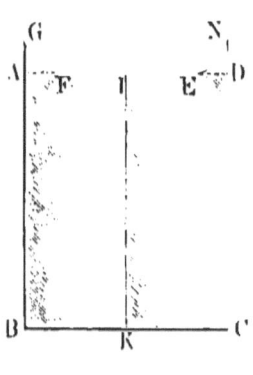

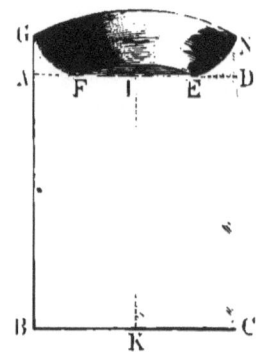

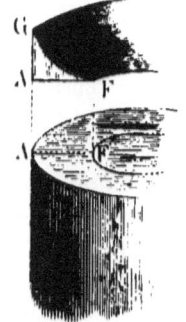

zur Wirkung der Atome auf die ebene Basis desselben Cylinders nach derselben Richtung, wie $2 \diagdown 1 : 3 \diagdown$?, oder fast wie $28 : 33$?, ?? ? gesetzt. Der Gesammtdruck nach IK übertrifft also den nach KI. Folglich wird der Cylinder einen gewissen Geschwindigkeitsgrad nach IK erreichen und zwar in jedem Augenblick genau denselben von Neuem. Trotzdem wird seine erlangte Geschwindigkeit unverhältnissmässig geringer sein, als die der Atome. Eine Zunahme der Geschwindigkeit derjenigen von ihnen, welche auf die ebene Seite, und eine Abnahme der Geschwindigkeit derer, welche auf die concave Seite stossen in Folge der Eigenbewegung des Körperchens der freien Luft können die erwähnten ?? des Druckes compensieren, so dass das Körperchen eine Endgeschwindigkeit erhält.[1] Diese wird jedesmal geändert werden, wenn das Körperchen einem gleichen oder einem anderen begegnet. Aber sie wird fast ebenso oft wieder erneuert werden, da entweder diese beiden Körperchen von einander in Folge einer durch schiefen Stoss entstandenen Seitenbewegung getrennt oder, obschon jeder fortschreitenden Bewegung beraubt, durch irgend welche Rotation in Bewegung gesetzt werden, so dass der eine aufhören wird, seine Vorderseite gegen den anderen zu richten. Es fragt sich nun, welches sind die Gesetze, nach denen die feine Luft sich verbreitet?[2] Es sind dieselben, welche bei der Zerstreuung der gewöhnlichen Luft beobachtet werden. Ihre Expansibilität ist wie bei dieser proportional ihrer Dichtigkeit, ihr Gewicht proportional ihrer Masse. Das heisst, die Dichtigkeit nimmt nach dem von Halley bestimmten und von de Luc bestätigten Gesetze in den höheren Schichten ab, woraus unter Anderem eine viel beträchtlichere letzte Höhe resultiert, als die der Atmosphäre der gewöhnlichen Luft. Diese Vertheilung wird nicht nur im Raume ausserhalb der Körperwelt beobachtet, sondern auch in jeder Pore, deren Ausdehnung zu einer totalen Beschleunigung der feinen Luft gross genug ist. Nähme man eine undurchdringbare Oberfläche an, oder selbst einen Körper von einiger Durchdringbarkeit, so würde dieser von oben nach unten gestossen werden, mit einer Kraft, die sich zum Gewicht der Atmosphäre verhielte, wie der Unterschied der Geschwindigkeiten der feinen Luft oben zu der in dieser selbst, das heisst, sie würde dem Gewichte einer Luftschicht gleich sein, deren Dichtigkeit zwei oder drei Mal grösser ist, als die

---

[1] Le Sage nennt, entsprechend der Bewegung eines Segelschiffes, welches der Wind durch wiederholte Stösse immer schneller antreibt, bis es eine Endgeschwindigkeit erreicht hat, die ebene Grundfläche: Vordertheil (la proue), die concave: Hintertheil (la pouppe) des Cylinders.

[2] boite 6. 3m. section.

mittlere Entfernung ihrer Theile, also einem äusserst unmerklichen
Gewichte. Aber in derselben Zeit wird der Körper von unten nach
oben gestossen mit einer Kraft, die gleich ist dem Gewichte der Luft,
deren Platz er einnimmt. So ist die ungleiche Dichtigkeit zweier
Luftschichten, welche sich oben und unten mit gleicher Geschwindigkeit treffen, zu erklären; so bewirkt auch die feine Luft die Cohäsion.
Obschon jede Fläche der Körper, die der feinen Luft fast ganz zugänglich sind, äusserst dünn ist, kann man dennoch annehmen, dass
ihre Dichtigkeit zwei oder drei Mal grösser ist, als die mittlere Entfernung dieser Lufttheilchen. Die Fläche würde mindestens von unten
nach oben ebenso wie von oben nach unten gestossen werden. Aber
selbst die grösste dieser beiden Ursachen der Ungleichheit kann vollständig vernachlässigt werden im Vergleich mit der Gesammtwirkung
eines der beiden Stösse, denn erstere verhält sich zur letzteren, wie
das Gewicht der freien Luft, deren Raum allein diese Fläche einnimmt,
zum Gewicht der ganzen Luftsäule auf derselben Basis, so dass die
Zunahme, oder vielmehr die Verminderung des Gewichtes, welches
die feine Luft auf den Körper ausübt, vollständig unmerklich sein
muss im Vergleich zur Cohäsion, welche sie hervorbringt. —

Was ich hier gegeben habe ist nur ein kurzer Auszug der Theorie
der Cohäsion. Es giebt keinen einzigen der angeregten Gedanken,
den Le Sage nicht mit Beispielen und verwandten Citaten in Menge
ausgeschmückt hätte. Aber aus dem hier Angeführten ersieht man,
dass die Theorie der Cohäsion kein abgeschlossenes Ganzes, wie die
Theorie der corpuscules ultramondains bildet. Er hat manche auf-
geworfene Frage unbeantwortet gelassen, manchen angeknüpften Faden
nicht weiter verfolgt. Auch habe ich ein sicheres analytisches Gesetz,
gemäss welchem die Cohäsion in bestimmten Entfernungen wirkt,
vermisst, wie es z. B. von La Place u. A. in Form von Exponen-
tialfunctionen oder wechselnden reciproken Reihen aufgestellt worden
ist. Der Hauptzweck, den Le Sage verfolgte, war, den Beweis zu
stellen, dass die Cohäsion unabhängig ist von der allgemeinen Gravitation.

Die beiden letzten Theile des Systems der mechanischen Physik
behandeln die Mechanik der Affinität und die Mechanik der Expansibilität. Im Verhältniss zu den beiden ersten Theilen sind diese von
Le Sage recht stiefmütterlich behandelt worden. Er betrachtet sie
gewissermassen als Erläuterungen der beiden ersten Theorien. Der
diesbezügliche Stoff ist ebenfalls sehr ausgedehnt, aber so unzusammen-
hängend und vereinzelt, dass eine einheitliche Redaction desselben
kaum möglich ist. In ihrer Mehrzahl sind die Aufzeichnungen nur

Recapitulationen aus bereits erwähnten Schriften. Einige besonders ausgearbeitete Abschnitte hat Prevost in den „Deux traités de physique mécanique" dem System der corpuscules ultramondains angefügt. Die Mechanik der Affinität ist lediglich eine durch zahlreiche Beispiele erweiterte Darstellung seines „Essai de chimie mécanique". Namentlich widmet er dem daselbst aufgestellten Gesetze, dass sich Substanzen gleicher Natur mit grösserer Kraft einander nähern und sich gegenseitig anziehen, als Substanzen verschiedener Natur, eine ausführliche Behandlung. Die Affinitäten, die diesem Gesetze nicht unterworfen sind und deren es noch eine grosse Anzahl giebt, haben ihren Grund in dem Einfluss des Aethers, der zwei verwandte Theile zu vereinigen strebt, und in der Newton'schen Attraction. Aus letzterer ergiebt sich das Gesetz, dass zwei gleich grosse und gleich dichte Massentheilchen, in eine anderswerthige Flüssigkeit getaucht, sich mit einer Kraft proportional dem Quadrat des Unterschiedes ihrer Dichtigkeiten zu nähern streben.

Was die Mechanik der Expansibilität betrifft, so besteht der bei weitem grösste Theil in Wiederholungen aus der Theorie der Cohäsion. Ich halte aber eine Erwähnung dieses Theiles deshalb für nöthig, weil sich hier der Berührungspunkt mit der Wärmetheorie von Clausius findet, welcher, wie wir sahen,[1] in neuester Zeit die Aufmerksamkeit auf Le Sage gelenkt hat, indem jener sich in seinen Untersuchungen auf dem Gebiete der kinetischen Gastheorie auf ihn berief. Was die von Le Sage angegebenen und von Clausius citierten Vertreter derselben Ansichten betrifft, die von Le Sage als ihm vorangehend genannt werden, so haben wir bei der Besprechung des „Lucrèce neutonien" gesehen, wie viel denselben davon auf Kosten der Eigenartigkeit Le Sages zuzuschreiben ist. Die Theorie der Expansibilität beruht auf der Elasticität discreter Ströme von Massentheilchen, die durch die Atome in Bewegung gesetzt werden. Ein elastischer Strom besteht aus festen und nicht elastischen Theilchen, deren mittlere Entfernung viel grösser ist, als ihre Durchmesser. Jedes bewegt sich äusserst schnell nach allen Seiten hin; ist die Bewegung durch ein anderes Theilchen gestört, so wird sie bald wieder erneuert vermöge der Ungleichheit des Stosses der Atome auf die Oberfläche eines jeden Theilchens. Sind die Theilchen grösser als die Poren der Körper, welche ihrem Stosse ausgesetzt sind, so ist die Summe der Stösse auf eine gegebene Oberfläche während einer bestimmten Zeit direct proportional der Dichtigkeit des Stromes. Die

---

[1] Vergl. oben p. 111 f.

geringe Stärke des Stosses und der kurze Zwischenraum zwischen zwei aufeinanderfolgenden Stössen, gibt der Summe den Schein eines continuierlichen Druckes. Man erhält also einen expansibeln Strom, dessen Druck der Dichtigkeit desselben proportional ist. Daraus folgt das Mariottesche Gesetz: Die Elasticität einer Gasmenge ist proportional ihrer Dichtigkeit. Um die Bewegung der Theilchen eines Stromes hervorzubringen, müssen die entgegengesetzten, die Stösse erleidenden Seiten verschieden sein, damit auch die Grösse der Wirkung des Stosses verschieden sei. Andernfalls würden die afficirten Theilchen im Gleichgewicht verharren. — Nun folgen mehr oder weniger ausführliche Wiederholungen aus der Theorie der Cohäsion, wie die Art der Bewegung dieser Theilchen, die Wirkung des Stosses auf einen vollständig convexen Körper, die Wirkung, wenn man den Theilchen auf einer Seite Concavität zuertheilt und die Beschleunigung und Endgeschwindigkeit dieser Theilchen. Wichtig ist, dass Le Sage durch Bewegung solcher elastischen und expansiven Ströme die Theorie des Lichtes, der Wärme, der Elektricität und des Magnetismus erklären zu können glaubt. Die Notizen darüber sind jedoch sehr mangelhaft. Die Theilchen erhalten durch den Stoss auch eine rotierende Bewegung, wodurch sie von ihrer Bahn abgelenkt werden. Da die Atome eine stete Erneuerung der Bewegung der Theilchen herbeiführen, also durch sie in der Natur eine unerschöpfliche Quelle der Bewegung existiert, so lassen sich auf solche Ströme der Process des Verbrennens, die Phänomene des Magnetismus und der Elektricität zurückführen.[1]

Ich komme jetzt zu dem umfangreichsten seiner Werke, zur kritischen Geschichte der Schwere,[2] Sie ist die Frucht der angestrengten Arbeit während eines Menschenalters. Was nur ein Physiker und Philosoph der alten und neuen Zeit über diesen Gegenstand

---

[1] Bei dieser Gelegenheit will ich darauf hinweisen, dass Le Sage als der Erfinder des elektrischen Telegraphen anzusehen ist, mit dem er im Jahre 1774 die ersten Versuche anstellte. Sein Apparat bestand aus 24 Metallfäden, den 24 Buchstaben des Alphabetes entsprechend. Jeder derselben endete mit einem Hollundermarkkügelchen - Elektrometer. Indem er die entgegengesetzten Enden mit dem Conductor einer elektrischen Maschine in Communication brachte, zeigte der Elektrometer auf der entgegengesetzten Seite den elektrisierten Faden, d. h. den entsprechenden Buchstaben an. (Journal des savans, September 1782.)

[2] boites 11 - 20.

gedacht und aufgezeichnet haben mag, hat er systematisch zusammengestellt und kritisch beurtheilt. Aus seinen Briefen ist zu ersehen,
dass er die Publication dieses Werkes von Jahr zu Jahr verschob.
Dabei häufte sich der Stoff immer mehr an, so dass es am Ende geradezu
eine Riesenarbeit erfordert hätte, ihn zu sichten und zu redigieren. Schon
in der Zeit von 1750—1760 bildete sie ein zum Druck reifes Werk.
Noch länger als 40 Jahre hat er an ihr gearbeitet! Er selbst nennt
sie bezeichnend: „Mon éternelle histoire de la pesanteur". Von seinen
Freunden erhielt er die dringendsten Aufforderungen, mit ihr nicht
mehr zurückzuhalten. So macht ihm Bonnet, mit dem Le Sage
innige Beziehungen hegte, den berechtigten Vorwurf: „Votre vie litté-
raire se consumera en projets." Zugleich bezeichnend für den Werth,
den Bonnet diesem Werke beilegte, schreibt ihm dieser 1780), indem
er ihn drängt, wenigstens einige Fragmente zu publiciren: „Courage,
mon bon ami! faites des apôtres de votre gravitation. Eclairez-les,
en attendant que vous puissiez éclairer l'Europe savante." — Es ist mir
natürlich nicht möglich, den Stoff dieses Werkes hier zu reproduciren.
Ich muss mich auf eine kurze Uebersicht der Hauptgesichtspunkte
beschränken, indem ich mich nach der von ihm selbst vorgenommenen
Sortierung der Manuscripte richte. Manches mag zu allgemein bekannt,
zu unbedeutend erscheinen. Dabei muss ich jedoch erinnern, dass,
als Le Sage diese Daten schrieb, noch keine Specialwerke darüber
existierten. Nur vom Standpunkte seiner Zeit aus kann man den
Werth dieser Arbeit richtig würdigen. Die Eintheilung der kritischen
Geschichte der Schwere änderte er mehrmals, kehrte aber zuletzt im
Jahre 1803 zu der schon 1770 beschlossenen Eintheilung in drei Bände
von je drei Büchern zurück. Der erste Band sollte die Untersuchungen
der Physiker und Philosophen der Alten und deren Dichter-Interpreten
über den Fall der Körper auf der Erde, die Fallgesetze und den
Mechanismus des Falles behandeln; der zweite Band die allgemeine
Gravitation, die Entdeckung und Theorien Newtons und die der
Epigonen und Gegner desselben; der dritte Band die divergierenden
Ansichten über die Natur der Schwere, die Theorien, welche der des
Le Sage am nächsten stehen und seine eigene im Besonderen.

Den Anfang bildet die Atomistik der Alten. Begründer derselben
war Leukippus. Allerdings hatten schon vor Leukippus mehrere
Physiker die sichtbaren Körper aus unsichtbaren Theilchen zusammengesetzt betrachtet, aber er war der erste, welcher ihnen alle anderen
empfindbaren Eigenschaften, wie Wärme, Geruch und Geschmack
raubte, sie rein materiell betrachtete. Ob er oder Demokrit ihnen
die Schwere beigelegt hat, ist mit Bestimmtheit nicht überliefert.

Plutarch gesteht ihm die Einführung derselben zu, während Aristoteles sie dem Demokrit zuschreibt. Aber die Grundlage des Systems von Demokrit stimmt so mit der Wirklichkeit überein und ist so geeignet, uns auf den wirklichen Mechanismus der allgemeinen Schwere hinzuleiten, dass sie wohl mit Recht ihm zuzuerkennen ist. Ein Fehler des Demokrit war es jedoch, den Atomen trotz der absoluten Leere und ohne eine Centralkraft eine Kreisbewegung beizulegen. — Die folgenden Capitel sind den Peripatetikern gewidmet. Der erste, der sich mit der absoluten Schwere beschäftigte, war Aristoteles. Seine Vorgänger hatten sich darauf beschränkt, von der relativen und specifischen Schwere zu sprechen. Man kann sich nicht genug darüber wundern, dass nach einem so deutlich ausgesprochenen Schluss zu Gunsten eines äusserlichen Agens, Aristoteles in seinen Untersuchungen nicht weiter ging, ob dieses Agens nicht ein materielles sein könne. Indessen ist dies erklärlich, da zu jener Zeit nur wenige zur Beobachtung herausfordernde Beispiele einer durch Stoss hervorgebrachten Bewegung, wie der fortgeschleuderte Pfeil oder das durch den Wind getriebene Segelschiff, bekannt waren. Ein Hinderniss für die Peripatetiker, eine vernünftige Erklärung der Schwere zu finden, war das von ihnen gelehrte vollständig Volle. In diesem ist es schwierig, sich einen Mechanismus der Schwere vorzustellen, wenigstens ist die Annahme einer fortschreitenden- oder Wirbelbewegung von Atomen unmöglich. Sie hätten fürchten müssen, dass diese Wirbel die Körper, welche sich auf der Oberfläche der Erde befinden, mehr horizontal als vertical wegtreiben könnten. Diese Bewegung hätten sie nicht durch eine Rotation der Erde compensieren können, da das wichtigste Dogma dieser Physik die absolute Ruhe der Erde war. Die Peripatetiker hatten wohl gemerkt, dass die Schwere etwas Constantes und Inhärentes sei, und führten sie auf eine erste Bewegung zurück. Sie unterschieden die Schwere in actu primo von dem Gewichte oder dem Falle der Körper als Schwere in actu secundo, indem sie die eine einer ersten schaffenden Ursache, die andere der Wirkung eines Zwischenmittels, wie der Luft, zuschrieben. Es folgt nun die Darstellung der Gesetze des Falles mit besonderer Berücksichtigung der Ergebnisse aus den angestellten Untersuchungen über die Intensität der Schwere im Innern der Erde und der von Bertier gemachten und im Journal de physique von 1776 publicierten Beobachtungen, dass sich die Schwere bei Entfernung von der Erde in schnell wachsender Progression verstärke. Einen Haupttheil des Werkes bilden die verschiedenen Ansichten über die Mechanik der Schwere und die Vertreter derselben. Sie gruppieren sich folgendermassen:

Es erklären die Schwere

1) Durch grosse einfache Wirbelbewegung der Atome: Leukippus. Demokrit. Plutarch. Keppler. Vossius. Toricelli. Des Cartes. Huygens. Sturm. Regis. Rohault. Parent. Leibniz. Horrebow. Bernoulli. de Fontenelle. Bertier.
2) Durch kleine Wirbelbewegungen in den grossen: Parent, Mallebranche. Bouillet. de Moliers. Euler. de Launay
3) Durch gewöhnliche Luft: Gassendi.
4) Durch feine Luft. und zwar
   a. durch ungleiche Dichtigkeit derselben: Wallis, Newton. Jallobert. Mueller. (Gegen diese Theorie sind: Hermann. d'Alembert. Kaestner):
   b. durch ungleiche Feinheit der Theilchen derselben: Newton, le Cat;
   c. durch ungleiche Bewegung derselben: Des Cartes, Varignon, de la Rive, Euler.
5) Durch ein in das Volle zurückgeworfenes Strahlen: Leibniz. Villemot.
6) Durch das Agens des Lichtes: Burnet. Jean Bernoulli père. Gautier. Dagoty.
7) Durch Electricität: Gautier. Dagoty. St. Ignon.
8) Durch Magnetismus: Keppler. Gassendi. Micheli.
9) Durch eine Emanation. ähnlich vertheilt wie die des Lichtes: Gregory. v. Mairan. Krafft. de la Caille. Maupertuis.
10) Durch Atome, die sich in gerader Linie fortbewegen und vom Lichte zu unterscheiden sind: Mit Bestimmtheit: Hudde vor 1654. Fatio 1690. Redeker 1756. Unsicher: Serre 1724. Cramer und Jallobert 1731. Segner 1738. Sigorgne 1744. Bouguer 1748. Le Sage selbst vertritt den letzten Standpunkt.

Er beginnt mit der Widerlegung der Angriffe. welche gegen die allgemeine Gravitation erhoben worden sind. So hatte man z. B. bezweifelt. dass der Mond diesem Gesetze unterworfen sei. weil sich sonst seine Schwere gegen die Sonne zu der gegen die Erde wie 9 : 1 verhalten und in Folge dessen seine Bahn im Raume eine nach der Sonne zu concave sein müsste. selbst in der Conjunction. Le Sage zeigt nun. dass dies auch wirklich der Fall sei. die Bahn aber werde convex nach der Sonne zu an den Stellen der Quadratur. weil der Mond sich von der Sonne durch seine fortschreitende Bewegung entferne. Ueberhaupt hat er auf den Ursprung der Circulation und Rotation der Planeten im Einzelnen durch die Gravitation gegen die Atmosphäre der Sonne besondere Aufmerksamkeit verwandt. Dann

4

schliessen sich die beachtenswerthesten Vorgänger Newtons, die tiefer in die Erklärung der allgemeinen Gravitation einzudringen versucht hatten, an. Es sind diese namentlich Kopernikus, Gilbert, Keppler, Gassendi, Des Cartes, Roberval, Hooke, Wallis, Hevel, Leibniz, Halley und Stevin. Für Hookes Ideen erweckt er ein besonderes Interesse, für dessen Ansichten über das Leere und den keinen Widerstand leistenden Raum, über die Allgemeinheit der Schwere, über die Bahn der Kometen, die Ungleichheit der Pendelschwingungen in den verschiedenen Breiten, u. a. m. Interessant ist eine Parallele zwischen den Wegen, die Hooke und Newton eingeschlagen haben.

Newton bildet den Kern seines Werkes. Man kann sich nicht wundern über die tiefe Verehrung, die Le Sage für Newton hegte. Standen doch noch Wiege des einen und Todtenbett des andern nahe bei einander, athmeten doch noch beide zusammen unter demselben Himmel, dessen wunderbare Harmonie Newton enthüllt hatte! Le Sage hatte es sich zur Aufgabe seines Lebens gemacht, den Mann zu feiern, der eine Blüthezeit auf einem Felde hervorgerufen hatte, das bisher brach gelegen oder nur spärliche Früchte gezeitigt hatte. Die Reproduction der Gedanken dieses gewaltigen Genies nimmt den grössten Theil des Werkes ein. Der Stoff hierüber ist so reichhaltig ausgesondert, dass er allein ein beträchtliches Werk abgeben würde. Zuerst wendet er sich gegen die Widersacher des Newton'schen Gesetzes. Bewahrheitet es sich doch namentlich bei Newton, dass eingewurzelte Dogmen durch das Licht einer neuen Wahrheit schwer zum Wanken zu bringen sind. Ausser Gerdil, Forbin, Cassini u. A. widerlegt er den Arzt David zu Rouen, der im Journal de physique vom December 1774 die Zweifel, die man gegen Newtons System hegte, zusammengestellt hatte. Der Eifer, mit dem sich Le Sage gegen Aeusserungen Davids wendet, wie: Newton habe dem Monde eine Curve um die Erde künstlich fabriciert, was Newton als Thatsachen gebe, seien nur absurde Erfindungen u. s. w., scheint heutzutage, wo Newtons Sätze geradezu Principien geworden sind, fast komisch. Von historischer Wichtigkeit sind die Anzahl Daten, die er gesammelt hat, die Pest betreffend, welche in den Jahren 1661—1666 in London und 1665,66 in Cambridge wüthete, um genau die Zeit zu bestimmen, in der Newton zu Cambridge, wohin er sich vor der Pest geflüchtet hatte, zuerst auf den Gedanken kam, dass der Mond durch die Schwerkraft in seiner Bahn gehalten werde, die in demselben Verhältnisse zunimmt, wie die Quadrate der Entfernungen. Die Erzählung darüber ist bekannt.[1] Newtons Thätigkeit behandelt Le Sage in zwei Abschnitten. Der erste umfasst die Zeit von 1676—1686, die analytische und synthetische Zurückführung der Theorien Newtons in ein regelmässiges System und deren wichtigsten Consequenzen. Der zweite behandelt die ferneren Arbeiten über diesen Gegenstand während der letzten 40 Jahre seines Lebens von 1686—1726. Auch hier kann ich nur auf den reichen Stoff der Handschriften verweisen.[2] Auffallend ist, dass Le Sage einen grossen Werth auf die mathematische Behandlungsweise Newtons legte, da er selbst die Anwendung des Calcüls so viel als möglich vermeidet. Nicht etwa, weil er keine Fertigkeit in der Behandlung desselben besessen hätte, dafür liegen zahlreiche Beweise in der Lösung rein mathematischer und astronomischer Probleme vor. Es scheint vielmehr, dass der Charakter seiner Schriften, ebenso wie diese kritische Geschichte der Schwere, hat ein populärer werden sollen. — Die Periode der Epigonen Newtons und deren Gegner zerfällt ebenfalls in zwei Abschnitte. Der erste umfasst die folgenden zwanzig Jahre 1726—1746, am Ende welchen Jahres die Theorie so festen Fuss gefasst hatte, dass an ihrer Wahrheit nicht mehr gezweifelt werden konnte, der zweite alles das, was diese Theorie noch während des Endes des 18. Jahrhunderts an bemerkenswerthen Ideen hervorgerufen hat, und zwar so, wie die Wahrheit der Newton'schen Entdeckung sich allmählich die Geister gewann, wie sie sich in England verbreitete, in Deutschland und Frankreich festen Fuss fasste. England fand in Horsly, Barrow, Beretly und Berkeley, Deutschland in Freind und Wolff seine Streiter für Newtons Gesetze; in Frankreich war der erste, der es wagte, sich als Newtons Anhänger zu bekennen, d'Alembert, der Verfasser des „Discours sur la figure des astres".

Seitdem die Physiker Kepplers, Galileis und Newtons Gesetze als richtig anerkannt hatten, blieb ihnen nur noch übrig, die dynamischen Consequenzen aus diesen Gesetzen zu ziehen, um eine befriedigende Mechanik der Schwere aufzustellen, welche allen diesen Gesetzen, wie den Phänomenen, in denen sie sich offenbaren, genau entsprach. Aber in Betracht der äussersten Schwierigkeiten, die ihnen dies Problem zu haben schien, hat es nur wenige gegeben, die hierin zu einem befriedigenden Ziele zu kommen glaubten. Des Cartes hatte versucht, die Ursache der Schwere in einer Wirbelbewegung zu finden. Er geht davon aus, dass jeder Theil der Erde, einzeln betrachtet, eher

---

[1] Vergl. Poggendorff, Geschichte der Physik. p. 695 f.
[2] Boites 11 bis 20.

leicht als schwer sei. Eine Materie des Himmels mache die Erdkörper schwer. Es fragt sich aber, um wie viel sind die einen Körper schwerer als die andern? Des Cartes fand, dass ihre Schwere nicht immer im gleichen Verhältniss zu ihrer Materie stehe, dass sie abhängig sei von der Art der Materie des Körpers und dass sie eine nach dem Mittelpunkt der Erde gerichtete Kraft sei. Newton selbst ist an die Aufgabe, die Ursache der Gesetze, die er entdeckt hatte, weiter zu verfolgen, nicht energisch herangetreten. Die Philosophie, welche Newton in seinen „Principia" und in seiner „Optik" vertritt, ist eine experimentale. Es gehört aber nicht in das Gebiet der experimentalen Philosophie, sich von den Ursachen der Wirkungen zu unterrichten, um so mehr, als die Erfahrungen als ausreichend betrachtet werden können, diese zu beweisen. Sie will sich nicht mit Ansichten befassen, deren Wahrheit nicht a posteriori durch Thatsachen bewiesen wird. In dieser Philosophie gibt es keine Hypothesen, da sie nur dazu dienen können, Conjecturen zu bilden und auf Fragen zurückzuführen, welche erst durch die Erfahrung geprüft sein müssen. Deshalb hat Newton ausdrücklich die Dinge, welche die Erfahrung bewahrheitet, von denen unterschieden, welche auf unsicheren Hypothesen beruhen und die er am Ende seiner „Optik" in Gestalt von Fragen angeführt hat. Aus gleichem Grunde fügt er in der Einleitung zu seinen „Principia", nachdem er die Bewegung der Planeten, der Kometen, des Mondes und des Meeres von dem Gesetze der Schwere hergeleitet hat, hinzu: „Utinam, cetera natura phaenomena, ex principiis mechanicis eodem argumentandi genere derivare liceat. Nam multa me movent, ut nonnihil suspicer; ea omnia ex viribus quibusdam pendere posse quibus corporum particula per causas nondum cognitas, vel in se mutuo impelluntur et secundum figuras regulares cohaerent vel ab invicem fugantur et recedunt: quibus viribus cognitis philosophi hactenus naturam frustra tentarunt". Was Newton über die Ursache der Schwere geäussert hat, beschränkt sich darauf, dass er die Planeten sich in einer grossen Leere oder wenigstens in einem Raume, der sehr wenig Materie enthält, bewegen lässt. Die Wirkung eines Fluidum ist bei ihm proportional der Oberfläche der Körper, welche es beeinflusst, während doch in Wahrheit die Schwere proportional der Grösse der Masse ist. Newton war fern davon, die Schwere als ein erstes Princip zu betrachten.

Die Zahl der Physiker, welche die Ursache der Schwere zu erklären suchten, ist nach Newton noch viel geringer geworden. Fast alle Philosophen zu Le Sages Zeit waren überzeugt, dass nur noch Ignoranten einen solchen Mechanismus entdecken zu können glaubten.

Da gehörte allerdings viel Muth dazu, mit Vertrauen eine solche Entdeckung bekannt zu machen. Le Sage kündet eine Mechanik der
Schwere an. Er versteht darunter eine den schweren Körpern fremde
Materie, die, ein einziges Mal in Bewegung gesetzt, fortwährend die
Schwere hervorbringt, sowohl auf der Erde, als auch die universelle,
allein durch die Gesetze des Stosses. Es haben allerdings mehrere
Physiker unternommen, dasselbe Problem zu lösen, aber gegen diese
wendet sich Le Sage ausdrücklich. Ihre Materie habe zu primitive
und wenig zulässige Eigenschaften, z. B. anziehende und abstossende,
selbst electrische und magnetische Kräfte. Er verstehe unter schwer-
machender Materie eine undurchdringbare Ausdehnung, sogar ohne
ihr Elasticität zuzufügen, welche ihr niemals andere Physiker nehmen
zu können geglaubt hätten. Er gelange analytisch zur Construction der schwermachenden Materie, indem er jedes Mal von einer
kleinen Zahl Phänomene ausgehe und von jedem zu Bestimmungen
gelange, von denen nothwendig alle anderen Phänomene abhingen.
Die strengsten Consequenzen seiner Mechanik coincidierten genau mit
allen genannten Phänomenen, obschon sie etwas von ihrer willkür-
lichen Kürze d. h. die man ihnen zur leichteren Anwendung der
Gesetze gegeben habe, abschweiften.

    Euler stimmte mit Le Sages Theorie nicht überein. In den
Briefen, in denen sie ihre Ideen ausgetauscht haben, spitzen sich die
Aeusserungen wegen der Unmöglichkeit einer Verständigung allmählig
zu. Der Grund, weshalb Euler der Theorie Le Sages nicht bei-
pflichtete, ist in dem Widerspruch, in dem sie nach Eulers Ansicht
zur Undulationstheorie des Lichtes stand, zu suchen. Le Sage vertrat
die Emissionstheorie. Aber sie war nur ein unglückliches Erbtheil
seines verehrten Newton, von dem er sich nicht loszureissen vermochte. Der atomistischen Anschauung ist ja an und für sich die
Undulationstheorie naturgemässer. Le Sage muss dies fühlbar gewesen sein, namentlich nachdem ihn Euler von seinen Ansichten
unterrichtet hatte; denn er brach in den Untersuchungen über die
optischen Erscheinungen bald ab. Bei der Ausdauer, mit der er sonst
seinen Gegenstand verfolgte, ist dies auffallend. Erst sein Schüler
Prevost versuchte es, auf Grund der Theorie Le Sages die Emissionstheorie aufzustellen.[1] Euler vermisst bei Le Sage den Beweis einer
nothwendigen Continuität der Schwere. Le Sage prüft nun, ob dieses
Gesetz der Continuität nicht auch in dem Systeme Eulers verletzt
werde. Bei letzterem wird die Schwere durch eine Wirbelbewegung

---

[1] Prevost, Deux traités etc. 2ᵈ traité. 2ᵈ section.

des Aethers hervorgebracht. Dagegen wendet Le Sage ein, dass die Oberflächen der Wirbel mehr oder weniger rauh seien und dementsprechend mehr oder weniger auf die Oberfläche desselben schweren Körpers einwirkten. Ferner empfinge jede horizontale Schicht des Aethers von der oberen mit ihr zusammenhängenden Schicht eine gewisse Quantität Bewegung, so dass eine Communication Statt fände, welche nicht ohne Reibung, folglich auch nicht ohne Ungleichheit vor sich gehen könne. Auch scheine es sogar schwierig, dass ein Wirbel, welcher die Oberfläche eines Körpers stosse, nicht ein wenig an der Stelle der Berührung die Form dieser Oberfläche annehmen und sich nicht ein wenig abplatte, wenn er eine ebene Oberfläche treffe. Ferner geschehe es fast immer, dass ein Theilchen der schweren Körper mehr oder weniger schneller um den Centralkörper circuliere, als die Aetherschicht, welche mit ihm zusammenhinge. Die kleinen Wirbel, welche eine Seite dieses Theilchens berührten, z. B. die obere horizontale, würden über dieselbe hingleiten und sich von ihr trennen, um anderen Platz zu machen. Also die Berührungen mit diesen Theilchen würden durch Zwischenräume von endlicher Grösse aufgehoben. Es geschähe fast niemals, dass die in einem bestimmten Augenblick aufgegebenen Berührungen durch andere Berührungen in demselben Augenblick ersetzt würden, namentlich nicht durch gleich zahlreiche. Also die totale Anzahl der Wirbel würde in jedem Moment um einige Einheiten variiren, folglich variire auch der Druck, welcher die Schwere desselben Theilchens hervorbringe, von einem Augenblick zum andern in einem endlichen Verhältniss. Euler könne entgegnen, dass die Zwischenräume der kleinen Wirbel voll von einer völlig weichen und flexibeln Materie sei, welche sich mit Leichtigkeit der Oberfläche des schweren Theilchens akkomodiere und ihm an allen seinen Punkten den Druck gebe, welchen sie von den Wirbeln erhielte. Aber dieser aus zwei Arten von Materie combinierte Aether würde eine Trägheit besitzen, die fähig wäre, alle Bewegungen zu schwächen. Zwischen Euler und Le Sage bestand überhaupt, wie schon angedeutet, ein kleiner Kampf der entgegengesetzten Ideen, den beide beharrlich mit einander ausfochten. Le Sage zog anfangs den kürzeren. Sein wunder Punkt war die Theorie des Lichtes. Doch auch Euler musste Concessionen machen. Er verzichtete darauf, den Schall und die Schwere durch den Aether zu erklären, verlangte aber dafür ein elastisches Medium. Auf keinen Fall billigte er die Einwirkung durch den Stoss, wie sie Le Sage seinen corpuscules ultramondains zugeschrieben hatte.

Bevor Le Sage mit seinem eigenen System beginnt, führt er die von den oben unter der zehnten Gruppe genannten Autoren ver-

tretenen Ansichten an. Von diesen werden besonders die Schriften
Fatios, eine kleine Abhandlung desselben, nach der Cramer sein
System gebildet hatte, die Dissertationen Cramers und Jalloberts
und die beiden Arbeiten Redekers mit einer Widerlegung durch
Segner eingehend kritisiert. Den letzten Hauptabschnitt des ganzen
Werkes bildet die umfassende Darstellung des Systems von Le Sage
selbst. Es besteht aus dem System der corpuscules ultramondains
nebst einer Recapitulation seiner beiden Erstlingswerke, des „Essai sur
l'origine des forces mortes" und des „Essai de chimie mécanique",

Wie oben bemerkt worden ist, gilt jetzt allgemein Boscovich
als Begründer der modernen Atomistik. Sehen wir uns einmal
Boscovichs Theorie näher an.[1] Die Materie besteht aus untheil-
baren, homogenen und ausdehnungslosen Punkten, welche ihre Entfernung von einander beliebig verändern, aber niemals bis zur Berührung
nahe kommen können. Die Punkte wirken vermöge der ihnen zu-
ertheilten Kräfte gegenseitig aufeinander und zwar ist diese Wirkung
eine Function ihrer Entfernung. Mit der Entfernung nimmt die anziehende Kraft ab, geht in eine abstossende über, die mit unendlich
klein werdender Entfernung unendlich wachsend zunimmt. Vergrössert
sich die unendlich kleine Entfernung, so verringert sich die abstossende
Kraft, geht wieder in eine anziehende über, wird in einer bestimmten
Entfernung wieder abstossend, und so fort. Dieser Wechsel der Kräfte
ist kein beliebiger, sondern ein gesetzmässiger, durch eine continuierliche Curve oder algebraische Gleichung darstellbarer und findet nur
so lange statt, als die Abstände unmerkbar sind. Bei grösserer
merkbarer Entfernung wird die Kraft eine im umgekehrten quadratischen
Verhältnisse der Entfernung wirkende Attractionskraft. Geht die repul-
sive Kraft bei dem Uebergang zur attractiven durch den Nullpunkt,
so bleibt die Entfernung zweier Punkte constant. Dem entspricht
das Phänomen der Cohäsion. Durch die verschiedenen Gruppierungen
der Punkte lassen sich die äusseren Eigenschaften der Materie, durch
die dabei hervorgebrachten verschiedenen Wirkungen der Kräfte die
dynamischen Erscheinungen erklären.

Fechner, der kräftigste Streiter für die Atomistik, ist es nament-

---

[1] Boscovich, Philosophiae naturalis theoria, reducta ad unicam legem
virium in natura existentium Venedig, 1763.

lich, der Boscovichs System an sich und dessen historische Stellung hervorragend betont hat. Es ist dies erklärlich, da Fechner bei Boscovich viele den seinen verwandte Ideen vorfand. Unseren Standpunkt haben wir eingangs dieser Arbeit festgestellt. Wir erkannten die Atomistik an, so lange sie eine physikalische bleibt, somit auch den ersten Theil der Fechner'schen Abhandlung. Fechner selbst gesteht im Vorwort zu seiner Schrift[1] zu, dass, während der zweite Theil sich ganz auf den ersten stütze, das Umgekehrte nicht der Fall sei und die Gültigkeit der physikalischen Atomistik nicht von der Gültigkeit der philosophischen Atomistik abhänge. Auf die von einander abweichenden Richtungen auf dem Gebiete der Atomistik habe ich hier nicht einzugehen, weder auf die von Fechner selbst, noch auf die Boscovichs und Le Sages.[2] Nur soweit, als es nothwendig ist, die historische Bedeutung dieser beiden zu präcisieren, werde ich die Divergenz ihrer Ansichten berühren. Fechner betrachtet mit Boscovich die Atome als einfache Wesen, „die nur noch einen Ort, aber keine Ausdehnung mehr haben, indess sie durch ihre Distanz verstatten, dass die aus ihnen bestehenden Systeme noch solche haben". Man mag die einfachen Wesen nennen, wie man will, „sie sind vorzustellen als Punkte nicht hinter oder ausser Zeit und Raum, sondern in Zeit und Raum, nur mit Bedacht, dass, wie klein man diese Punkte vorstellen will, es immer noch nicht reicht". Man sieht, äusserst problematische Begriffe! Was ist ein Wesen, das einen Ort, aber doch keine Ausdehnung hat? Sollten da nicht, anstatt der ausdehnungslosen, jeder Eigenschaft beraubten, als Punkte betrachteten, je nach der Entfernung mit anziehenden und abstossenden Kräften begabten Atome, die corpuscules ultramondains, die, ohne von jenem wesenlosen Schleier umhüllt zu sein, allen Anforderungen entsprechen, zur Erklärung der Erscheinungen geeigneter sein? Beruht doch das ganze System der corpuscules ultramondains darauf, sie unendlich klein zu betrachten. Sobald sich ein Einwurf, begründet auf die Masse der corpuscules ultramondains erheben lässt, wehrt

---

[1] p. VII.

[2] Boscovich und Le Sage tauschten ihre Ansichten mit einander aus. Sie divergieren natürlich in vielen Punkten. Namentlich hielt Boscovich Le Sages Theorie zur Erklärung der Cohäsion für ungeeignet. Den Vorwurf der Willkürlichkeit seines Systems hätte Le Sage Boscovich mit demselben Rechte zurückgeben können. Boscovich schrieb ihm: .. iporum (motuum existentia est hypothesis vere arbitraria, cujus nullum positivum argumentum proferri potest, practer illud unum, quod per eam hypothesim explicetur vis mutua agens in ratione reciproca duplicata distantiarum".

Le Sage diesen dadurch ab, dass er sie als unendlich klein bezeichnet. Sind sie ferner nicht ebenfalls homogen, eigenschaftslos, dénués de toutes qualités? Können doch die fluides discrets sogar vollständig dem Wunsche Fechners entsprechen, „dass sie durch die Distanz der Theilchen verstatten, dass die aus ihnen bestehenden Systeme Ausdehnung haben", ohne dabei jene gefährliche Frage offen zu lassen, wie man aus Nichts ein Etwas schaffen könne. Ist nicht die dynamische Eigenschaft der corpuscules ultramondains eine viel einfachere, als die mit anziehenden und abstossenden „Kräften" begabten Atome in Boscovichs Hypothese? Die constante vis a tergo als die variabele actio in distans? Wenn man bei Fechner liest: „Es liesse sich denken, dass die Gravitation, ohne selbst die allgemeinste Kraft zu sein, welche das Geschehen in der Natur beherrscht, nur einen besonderen Fall einer allgemeinsten Kraft, oder, was dasselbe besagt, das Gravitationsgetetz nur einen besonderen Fall eines allgemeinsten Gesetzes darstellt, unter welchem alles Geschehen in der Natur steht" und ferner, dass er „nirgends auf ein rationelles Princip der Aufstellung eines solchen Gesetzes (die Molecularkräfte mit der Gravitation unter einem gemeinsamen Gesichtspunkt zu vereinigen) gestossen sei", so könnte man glauben, er gebe Le Sages Theorie vor der Boscovichs gern den Vorzug. Und nun, worauf gründet sich denn bei Fechner vorwiegend die physikalische Atomistik? Auf die Annahme der Imponderabilien, des Aethers im Himmelsraum. Bei Boscovich ist davon nichts zu finden Abgesehen von dem äusserst subtilsten Aether, dem fluide discret, hat Le Sage den Aether im gewöhnlichen Sinne eingeführt und da, wo derselbe nicht ausreicht, die Imponderabilien noch durch ein Vermittlungsglied zwischen Aether und Luft, durch die feine Luft (l'air subtil) vermehrt. Ist er doch soweit gegangen, nicht nur zu untersuchen, ob der Aether der Bewegung der Planeten Widerstand entgegensetze, sondern auch, ob seine Gesammtmasse durch eigene Gravitation Störungen auf die Bahn der Planeten ausüben könne, auch hierin ganz entsprechend dem Verlangen Fechners, dass „sämmtliche Atome, sowohl die dem Wägbaren als Unwägbaren angehören, wie die Weltkörper durch Kräfte mit einander in Beziehung stehen und denselben allgemeinsten Gesetzen des Gleichgewichtes und der Bewegung gehorchen, die in jeder Mechanik für wägbare und unwägbare Massen als in Eins geltend aufgestellt werden". In der Constitution des Aethers, die Entfernungen der Aethertheilchen seien so gross, dass die Dimensionen der Theilchen dagegen verschwänden, stimmt er wörtlich mit Le Sage überein. Es ist unverkennbar, dass Le Sage, wenn er auch Boscovich die Priorität als

Wiederbegründer der Atomistik nicht streitig machen soll, mit vollem Rechte verdient, ebenbürtig neben ihm genannt zu werden. Wäre es Le Sage vergönnt gewesen, bei Lebzeiten seine Geistesproducte der Welt bekannt zu machen, so hätten dieselben einen massgebenden Einfluss auf die fernere Entwickelung der Naturphilosophie ausgeübt, und die atomistische Naturanschauung würde schneller und stabiler an Boden gewonnen haben, auf dem sich jetzt der Wunderbau der Naturwissenschaften in gesetzmässiger Construction erhoben hat.

Verzeichniss der Handschriften Le Sages.

Vita.

Natus sum, Guilelmus Stosz a. d. III. Non. Oct. a. MDCCCLVIII
Sondershusae, in capite principatus Schwarzburgensis Sondershusani,
ubi parentibus patre Albrecht Stosz, matre Seraphine e gente
Wolf adhuc gaudeo viventibus. Fidei addictus sum evangelicae. Primo
in disciplinam scholae realis patriae datus, deinde gymnasium Sonders-
husanum frequentavi, unde decem annis post testimonio maturitatis
instructus primum Heidelbergam, tum Genevam, post Berolinum me
contuli. Ibi per novem semestria studio philosophiae, mathematicae,
rerum naturalium, linguae Francogallicae deditus professoribus usus
sum illustrissimis doctissimisque: Althaus, Amiel, Bruns, Cantor,
K. Fischer, Graebe, Helmholtz, Kirchhoff, Kummer, Lotze,
Raoul-Pictet, Plantamour, Wartmann, Weierstrass. Quibus
omnibus viris summe venerandis gratiam quam maximam habeo sem-
perque habebo.

Thesen.

I.

Die inductive Methode der Naturwissenschaften hat zur atomistischen Hypothese zurückgeführt, von welcher die alte Philosophie deductiv ausgegangen war.

II.

Die physikalische Atomistik bedarf zur Gültigkeit ihrer Hypothesen der philosophischen Atomistik nicht, während die letztere, um an Wahrscheinlichkeit zu gewinnen, sich voll und ganz auf die erstere stützen muss.

III.

Die Hypothese von der Existenz eines Weltäthers oder eines Substrates der Imponderabilien hat nach den Ergebnissen der modernen Naturwissenschaften an Wahrscheinlichkeit gewonnen.

IV.

Der Naturphilosoph Le Sage ist mit gleichem Rechte, wie Boscovich als Begründer der modernen Atomistik zu nennen.

www.ingramcontent.com/pod-product-compliance
Lightning Source LLC
Chambersburg PA
CBHW022154020726
47496CB00008B/2715